新潮文庫

平　凡

角田光代著

新潮社版

11147

目次

平凡

もうひとつ

結局旅行は四人でいくことになった。私、正俊《まさとし》、野村こずえと福田栄一郎とで、ギリシャのアテネ・サントリーニ島六泊八日の旅。パックツアーで、ツアー代金には渡航費とホテル代、空港からの送迎代が含まれている。

早朝に成田に集合し、昼より前に飛行機に乗りこみ、アテネを経由してその日の夜にサントリーニ島に着き、送迎タクシーでホテルに向かい、チェックインした。当然、私と正俊、こずえと栄一郎という組み合わせになり、私たちの部屋は隣同士だった。夕食どうしようと、部屋の扉を開いたところで正俊が言い、じゃあとりあえず十分後にロビーで、と栄一郎が言った。

ホテルの外に出ると真っ暗で、まだ十月のはじめなのに風が冷たく、四人で身を寄せ合うようにして大通りを歩いた。歩いていればレストランの明かりが見えるのではないかと思ったのだ。大通りを走る車はなく、街灯が不気味な橙色《だいだいいろ》で、アスファルトには私たちの影が長く延びていた。

あまりに暗くていったいどこなのかわからなかったが、一軒だけ開いている店を見つけて入ったものの、メニュウにはギリシャ語しか書いておらず、辞書の類《たぐい》はだれも持ってきていなかったので、ゲームみたいに適当な文字を指さして注文した。適当に選んだわりには、串《くし》に刺して焼かれた肉や、オリーブとチーズの入ったサラダや、揚げたチーズや、ピーマンのなかにひき肉の詰め物をした料理など、おいしそうなものばかりが運ばれてきて、私たちはいちいち歓声を上げ、ワインで乾杯をして食事をはじめた。レストランは空《す》いていて、私たちのほかには、一組のカップルが奥のテーブルでデザートを食べていて、ひとりの中年男がカウンターで日本酒のようにも見える酒を飲んでいた。

「明日からはそれぞれ自由行動で」と栄一郎が言い、

「でもそんなに大きな島じゃないからあちこちで会うかもね」私が言い、

「会ったら会ったでたのしいよ、夜ごはんはみんなで食べたいな」こずえが言い、

「じゃ、そうする？　待ち合わせて」正俊が言った。

私たちははしゃいでいて、でもはしゃいで見せるのはみっともないと思っていて、興奮を抑えこむようにわざとちいさな声で会話していた。そのうち、奥のカップルが

会計をして帰っていき、中年男は酔っぱらってひとりでぶつぶつ言いはじめた。よくあることなのか、鼻と頰の赤い店主は中年男の相手をせず、厨房《ちゅうぼう》にひっこんでしまった。厨房にテレビが置いてあるのだろう、にぎやかな音声が聞こえてくる。

「でも本当にこられるなんて夢みたい」こずえが言い、

「ありがとう」栄一郎が私たちに頭を下げる。

「そんな、なんにもしていないし、なんにも知らないよ」あわてて正俊が言う。

「うん、それでいいの。なんにも知らないのでいいの」こずえは栄一郎の顔を見て言い、こらえきれずにくすくすと笑った。

カウンターの男の独り言が大きくなってきて、がしゃん、と何かの割れる音がした。そちらを見ると、男がグラスを落として割ってしまったのだった。店主が厨房から出てきて、男に文句を言いながら後かたづけをする。男はよろよろと立ち上がり、店主に向かって何か怒鳴りはじめる。いい雰囲気、とは言い難かった。こちらにも何かとばっちりがくるのではと、私はびくびくしはじめていたが、カウンターに背を向けて座るこずえと栄一郎は、料理を食べては互いの顔をじっと見つめ合って微笑《ほほえ》んだりしていて、気づかない。男の怒鳴り声も聞こえないのだろう。

酔っぱらい男は、フロア中央のテーブルで興奮を抑えつつ食事をしている東洋人グループに注意を向け、こっちくるなこっちくるなという私の願いとは裏腹に、千鳥足で近づいてくる。私たちのテーブルのわきに立ち、何を言っているんだかわからないがやかましくわめきはじめる。こずえは栄一郎の腕にしっかりと抱きつく。栄一郎は応戦するつもりなのか立ち上がりかけたが、店主が割って入って酔っぱらい男をおもてに連れ出した。おもてから男の野太い声が響いてくる。戻ってきた店主は私たちに肩をすくめて見せ、また厨房へと戻っていった。野太い叫び声はしばらく続いていたが、やがてぱったりと消えた。なんだかこの一連の騒動がこれからはじまる私たちの旅行を象徴しているようで気が滅《めい》入った。しかしこんな考え方は馬鹿《ばか》げている。男はいつでもここで酔っぱらっているのだろうし、いつもの彼の日常に私たちがたまたま割りこんだだけで、象徴とかなんとか考えるのは馬鹿げている。それで私はワインを飲み、いつもより大きな声で笑った。

　勘定を済ませておもてに出ると、酔っぱらい男は道ばたで大の字になって眠っていた。私たちは彼を刺激しないよう遠巻きにして、そうっと通りすぎた。橙色の光の下、私たちの影はさっきよりも長く延びているように見えた。

　こずえと栄一郎から四人の旅行という提案を受けたとき、正俊は最初反対していた。道徳心からではなくて、単に気が弱いのだ。「面倒なことはできるかぎり避けたい」

と彼は言った。気の弱さを隠そうとしないところが正俊のいいところだと私は思っている。でも二人は諦《あきら》めなかった。私も正俊を説き伏せた。諸手《もろて》をあげて賛成していたというより、どっちでもよかったのだ。好きにさせてあげたらいいじゃないかという気分だった。少しは責任を感じてもいた。彼らが出会ったのは私たちの結婚パーティでだった。こずえに同情してもいた。こずえは同情するにあまりある暮らしぶりだった。それで結局、私たちの旅行に二人が加わることを正俊も了承した。

だから、こずえは「学生時代からの友人、二三子《ふみこ》とギリシャにいってくる」と、栄一郎は「おまえもよく知ってる正俊とギリシャにいってくる」と、それぞれの夫や妻に伝えたのだろうと思う。栄一郎の場合は少々違うかもしれない。男二人のヨーロッパなんていかにも珍妙だ。「おまえもよく知っている正俊を含めた数人でギリシャにいってくる」だったかもしれない。ともあれ、どちらも嘘《うそ》ではない。

二人とは廊下で別れた。おやすみ、と私たちは言い合った。

翌朝、朝食の席ではこずえと栄一郎には会わなかった。なので私たちも彼らを気にすることなく、十時前には部屋を出て、ホテルのそばからバスに乗り、島の北端にある町、イアをぶらぶらと散策した。私たちは恋人に戻ったように手をつないで、陽射《ひざ》しに白く光る町並みを歩いた。島の至るところに、バカンスが終わった直後の、物憂《ものう》いような興奮がこびりついていた。ビーチで泳いでいる旅行者はまだいたが、どことなくさみしいような光景だった。夏の盛りには大にぎわいだったはずの土産物屋やカフェは、営業中だがどこも閑散としている。そんなものさみしげな雰囲気のほうが私は好きだった。

年に一度旅行をするのが私たちの習慣になっていた。印刷会社で働く正俊と、コンピュータ会社で事務をする私は、十月に合わせて遅い夏休みをとり、旅行にあてていた。国内の温泉にいくこともあれば、こうして異国を旅することもある。

広場へと向かうメインストリートを歩いていると、一軒の店から騒々しい言い合いの声が聞こえてきて私たちは足を止めた。耳に届くのは日本語で、そしてどうやら、こずえと栄一郎の声だった。坂の途中にある穴蔵のような店をのぞくために近づくと、それより先に二人が店から飛び出してきた。店の外に立つ私たちに気づかず、こちらに背を向けぐんぐん坂を下りていく。

「信じられない、くるんじゃなかった、くるんじゃなかった本当にっ」こずえがヒステリックに叫んでいる。

「ああおれもそう思うよ、本当にそう思うよ、悪いけどおれ今からチェックアウトしてくるわ、こっちだってそこまで言われて黙ってるアレないから」栄一郎も昨日《きのう》の酔っぱらいのような野太い声で怒鳴っている。私たちは、声をかけるべきか否《いな》か、追うべきか否か、答えをさがすように相手の顔を見た。そんなことをしているあいだに二人は遠ざかり、やがて栄一郎が角を曲がって見えなくなった。取り残されたこずえはふりかえることなく、すたすたと坂を下りていった。

「喧嘩《けんか》してた」思わずつぶやいた。

「そういうことってあるよね」正俊が言った。

「本当にホテルをチェックアウトしちゃうかな」

「そこまではしないだろう」

「そうだよね」

私たちは手をつないだまま、どちらから言うでもなく方向転換した。このまま坂を下りていけばこずえに会う。会えば気まずい。いくあてもなく私たちは坂をゆるゆるとのぼる。

こずえと栄一郎は私たちの結婚パーティで出会った。八年前のことである。形式的な披露宴ではなく、友人だけを集めたレストランパーティを行った。私は二十九歳で、親しい友人からは駆け込み結婚とからかわれていた。私の側も正俊の側も、まだ独身の友人も多く、二次会の後半はほとんど合コンのノリだった。携帯電話の番号をみんなおおっぴらに交換していた。しかしそういう席での定石として、その後交際に至ったカップルはいなかった。一組の例外をのぞいて。

例外が、こずえと栄一郎だった。私の学生時代からの友人であるこずえと、正俊の職場の同僚の栄一郎は、だれも期待していないのに恋に落ちた。双方既婚者だったのにもかかわらず。

こずえは学生時代からつきあっていた恋人と、二十五歳のときに結婚していた。同級生ではいちばんのりの結婚だった。けれど、どんなに結婚願望の強い同級生もこずえをうらやんでなどいなかったし、もしかするとだれも祝福すらしていなかった。なぜならその恋人があんまりタチのよくない男だと、みんな知っていたからである。甘ったれでひねくれていて気に入らないことがあるとすぐに公共物をこわす野村くんは学内では有名だった。学食のテーブルをひっくり返したり、自動販売機をたたきこわしたり、長机を窓から落としたりするのだ。わざと、みんなに見えるように暴れるのがいやらしい感じだった。野村くんとこずえは大学一年生のころからつきあっていた。教室で平気でいちゃついていた。「そこのきみ、授業を受けるときは人の膝《ひざ》から下りなさい」と、先生にマイクで注意されていた。こずえは野村くんの膝に座ったまま授業を受けていたのである。野村くんはほかの女子とは口もきかなかったが、こずえにはとろけるような笑顔を見せた。十代のころは、ほかの何も目に入らない二人の恋愛をうらやましいと思ったりもした(何しろ野村くんはモデルばりに美しかった)。けれど二十歳《はたち》を過ぎてみれば、野村くんがどんなに厄介な人間であるかを知ってこずえに同情したし、そんな野村くんと別れようとしないこずえに苛立《いらだ》ちもした。

野村くんは就職しなかったが、こずえは第一志望だった大手下着メーカーに就職した。そしてその三年後、二人は結婚した。元同級生だった私たちは日本閣で行われた彼らの結婚式に呼ばれ、こそこそと、「野村くんの両親って意外とふつう」「落ち着いたんじゃないの、彼もう」「でもこないだ、職質受けておまわり殴ったって」と情報交換しあい、「きっとあれは共依存」と四、五年前に授業で習った言葉をささやき合い、それでもこずえが両親への手紙を読むところで号泣したので、私たちもよかったよかったと肩を組んで泣いたのだった。

こずえの話を聞くかぎり、その結婚は一年後、こずえが二十六歳のときに破綻《はたん》したらしかった。野村くんの粗暴さは、結婚すれば、もしくは加齢すればおさまるとこずえは信じていたのだが、ますますひどくなり、家のなかはしっちゃかめっちゃからしかった。子どもができないので野村くんはこずえだけに検診を受けさせ、こずえになんの問題もないと医者から太鼓判を押されると、今度はこずえにも粗暴さを発揮するようになった。しかも人前で暴れないと気がすまないのはあいかわらずで、いっしょに出かけたスーパーやレストランで、わざとらしくこずえを怒鳴りつけ殴ったり蹴《け》ったりするらしかった。こずえは仕事の忙しさも手伝って、平日はほとんど会社の仮眠室に泊まっていた。

とはいえ破綻したのは内部だけで、結婚という枠組みを彼女は取り払おうとはしなかった。私もほかの友人も、別れることを真剣に勧めたが、「今さらあんな人をひとりにできない」とこずえは言うのである。「それに外でわざとのように暴れるけど、家に帰るとやさしいところもある」ととってつけたように言うのである。

だから、私の結婚パーティで栄一郎と親しくなったのだとこずえが打ち明けたとき、私はまるでけしかけるように彼らの仲を進展させようとした。高校生のようにアリバイを作ってやったり、私の住まいに二人を招いたりした。面倒なことの嫌いな正俊は気が進まないようだったが。

栄一郎に、こずえのようなどんな事情があったのか私は詳しくは知らない。正俊はそういうことについて何も言わないのだ。それでもこずえと恋に落ちたのだから結婚生活に何かしらうまくいかないことがあったのだろう。今小学校五年生である栄一郎の子どもが、高校を卒業したら離婚すると栄一郎は言っているらしい。それがよくある決まり文句なのか、それとも栄一郎の誠実な本心なのか、私にはわかりようもないが、しかし栄一郎と内々で交際をはじめたこずえは、見違えるようにいきいきとしはじめた。よく笑うようになったし、表情が明るくなった。野村くんのことを口にすることもぐっと減り、「生きているってすばらしい」と平気で言ったりした。世間の道徳基準からいえばこずえは間違ったことをしているのだろうけれど、でも、いいじゃないかと私は思ったりした。信仰とおんなじだ。世間的に悪徳といわれていようが、もしその宗教がその人を救うのであれば、それはそれでいいんじゃないか。そんなふうに私は思っていた。

だから、私たちの年に一度の夏休みに同行させてほしい、そのようにしてしか私たちはいっしょに旅行もできないのだから、とこずえに言われたとき、私は了承した。答えを渋る正俊を説得すらした。一回くらいいいではないか。向こうでは別行動なんだし。記念の写真を一、二枚撮るくらいでいいって言うのだし。彼らだって大人なんだから。などと言って。正俊は結局折れ、そして私たち四人はこうして今、ギリシャの島にいる。

いっしょに夕食をとるためにホテルのロビーで六時に待ち合わせをしていたが、あんなに派手な喧嘩をしていたのだから、二人はこないのではないかと思った。六時十分まで待ってこなかったら私たちだけで食事にいこうね、と言い合ってエレベーターでロビーに下りると、二人はソファにぴったりより添って座り、地図を広げて見入っている。こずえが顔を上げ、私たちを見つけ笑顔で手をふった。私と正俊は一瞬のうちに事態を悟り、昼間見かけたことはいっさい何も言わないことにしようと目配《めくば》せをしあった。

大聖堂の近くに評判のいいギリシャ料理店があると栄一郎が言い、彼の先導で、まだ夜になりきらない夕暮れの町を歩いた。栄一郎とこずえはたがいの背に腕をまわし、私たちの先を歩く。ずいぶん派手な喧嘩をしていたようだが、仲なおりも派手だったんだろうと私は想像した。

太陽がどんどん傾き、橙色だった町が藍色《あいいろ》のベールをかぶったようになる。通り沿いに並ぶ店の軒先で、次々とカンテラの明かりが灯《とも》り、石畳にやわらかい光を投げかける。大聖堂にたどり着くより手前で、ちいさな教会を通りかかったとき、寄り添っていた栄一郎とこずえが足を止めた。私たちもつられて止まり、彼らの視線の先を追う。教会の扉が大きく開け放たれていて、人があふれ出している。人々の格好からして、なかで結婚式が行われているようだった。

「ねえ、見ていかない？」と言ったのはこずえである。こずえは栄一郎の手を引くようにして教会の石段を駆け上がる。私たちもあとに続いた。

こずえが、外にあふれ出ている人をかき分けてまでなかに入ろうとするので、私はあわてて止めた。「この人たちもなかに入れないんだから、遠慮しておいたら」

「ヨーロッパの結婚式っていうのは、だれでも大歓迎なんだよ。通りすがりの人でも、旅行者でも。かえって知らない顔が多いほうがいいんだ、それだけ大勢に祝福されるってことなんだから」

と答えたのは栄一郎で、彼らは人波を縫うようにして奥へと進んでいってしまった。とはいうものの、押しのけられたドレスやタキシード姿の参列客は、あからさまに迷惑そうな視線を二人に送っていたし、おまえたちも入るのかと牽制《けんせい》するような目で私たちを見るので、あわてて石段を下りた。私たちは石段に腰かけて、暮れゆく町を眺め、二人が出てくるのを待った。

歓声が起こり、教会のなかから大勢の着飾った老若男女《ろうにゃくなんにょ》が出てくる。式は終わったようだった。二人は彼らとともに出てきて、石段を下り、座っている私たちを興奮した顔で見下ろした。

「すばらしい式だったわ」うっとりした顔つきでこずえが言う。

「シンプルで、でも荘厳《そうごん》で」栄一郎までが恍惚《こうこつ》とした声で言う。「ごはん食べにいこうぜ」正俊が立ち上がると、二人は鼻白んだ顔を見せた。が、結婚式の歓声を彩《いろど》るように教会の鐘が大音量で鳴り響き、感極まったのか二人はいきなり抱き合い、見つめ合うのだった。まるで自分たちが祝福されているかのように。

思えば結婚式を見たあの夕暮れ、いやな予感はしていたのだ。けれどその後にいったレストランは充分おいしく雰囲気もよく、私たちは自家製ワインとウゾーで酔っぱらい、「私もこの島で仮の結婚式を挙げたい」とこずえが言い出したときも、本気にはしなかった。こずえはその席で泣き出し、栄一郎が甘ったるくなぐさめていたが、それもなんというか、酔いによるオーバーアクションだとばかり思っていた。

しかしこずえは本気だったのだ。翌日の夕食時、またしても栄一郎の見つけたレストランで向き合うやいなや、二人は真剣な顔をして、「頼みがある」と切り出した。「結婚式を挙げたいんだ」と、栄一郎が言い、正俊は広げていたメニュウから顔を上げた。

「ガイドブックを読んだら、結婚式を挙げにくるカップルはけっこういるらしいの」こずえは思い詰めた顔をしている。

まだ年若い店員が私たちのわきに立ち、腕組みをして私たちの話に聞き入っているまねをする。陽気な彼の仕草に、しかし栄一郎もこずえも目を向けない。

「とりあえず、飲みものを頼もうよ」正俊が言い、

「ティッセラ　ティン　ビーラ」覚えたばかりの単語をつなげて、どうでもよさそうに栄一郎が言うと、店員は肩をすくめて立ち去った。

「食べものも決めよう。ありゃりゃ、またギリシャ語だよこれ。栄一郎くん読める？」私は笑顔で栄一郎にメニュウを広げて見せたが、しかし彼は、

「馬鹿みたいって思うかもしれないけれど、ごっこでいいんだ。悪ふざけが過ぎるって思うかもしれないけど、真剣に話し合ったんだ」と、テーブルに身を乗り出す。

「ただの記念でいいの。変身写真館で写真を撮るような馬鹿馬鹿しい記念でいいの」と言うこずえは、まだ一滴も飲んでいないのに泣きそうである。

店員がビールを持ってくる。ギリシャ語で何か言う。英語のメニュウはありますか、と訊《き》いても、彼には伝わらないらしく、首を傾《かし》げている。栄一郎が、やっぱり覚えたばかりの、つまりは昨日食べた料理名をいくつか告げた。ムサカ、カラマリア、ザズィーキ、トマーテスイエミステス。店員はそれだけ一気に言った栄一郎に拍手をして見せ、厨房へと戻っていく。

「でも、この島にいられるのはあと三日だよ。出発日を抜けば二日。二日のうちに式場をさがして、言葉もわからないのに申しこんで、衣装をさがして、なんて無理だよ」と、ビールを飲みながら正俊が言い聞かせるように言う。

「だから頼みたいんだ。このガイドブックには、この島で結婚した夫婦の体験記がのってる。その人の話だと、日本人が経営する代理店がこのフィラにあって、そこで相談にのってくれるらしいんだ。今日一日がかりでさがしてみたんだけど、その代理店は移転したらしく、どこにもない。だから」

「英語か日本語の通じる旅行代理店で、結婚式の手続きをしてくれるところを手分けしてまわってほしいの。あと二日と半分しかないけど、それでも結婚式を挙げさせてくれる教会と神父さんを」

「服なんかはどうでもいいんだ。おれは持ってきたジャケットを羽織ればいいし、彼女は淡いピンクのワンピースを持ってきたっていうし」

「フィラのお店で買うことだってできるわ」

二人はともに身を乗り出して懸命に訴える。私たちはちびちびとビールを飲み、まず運ばれてきたパンをちぎって押しこむように口に入れ、昨日も食べたカラマリアにレモンをまわしかけた。

「さがすくらいなら手伝ってもいいけど」と言いかけた私を遮り、

「やめておいたほうがいいよ」正俊がきっぱり言った。面倒なことが嫌いな彼は、いついかなるときもはっきりしたもの言いをしないが、このときばかりは断固、という感じだった。「そういうの、よくないよ」

二人は口を閉ざした。すねた子どもみたいにビールにも料理にも手をつけない。私と正俊はわざとなごやかに食事をはじめた。あっ、このイカの唐揚げおいしーい、昨日のよりおいしいかも。おー、きたきた、ムサカ。おれが分けちゃっていい？　しかし二人はむっつりと黙ったまま、テーブルの上を動く私たちの手を見つめている。

洞窟《どうくつ》を模して作られた、壁がごつごつした石のレストランだった。照明は暗く、それぞれのテーブルに並べられた蠟燭《ろうそく》が石壁に長い影を描いている。離れた席で家族連れがにぎやかに食事をしていた。私たちの隣のテーブルでは、まだ二十代とおぼしきカップルが、テーブルの上で手を握り合っていた。入り口付近では、お洒落《しゃれ》をした中年女性グループがワイングラスをかちんと合わせて笑っていた。陽気な店員が両手に料理をのせて運んできて、「ご注文の品は以上」とでも言うように、親指を突き立てウインクをして去っていった。急に、穴ぼこに真っ逆さまに落ちるようなものがなしさに襲われた。みんながみんな、いるべき場所にいるべき人とおさまっていて、食べるべきものを食べ飲むべきものを飲んでいるのに、私たちだけが、とんでもなく間違った組み合わせで、とんでもなく間違った場所にいて、プラスチックか何かの偽《にせ》料理を目の前にしているかのようだった。

正俊は懸命に場の雰囲気を盛り上げようとしていた。おお、ここ当たりだよ栄ちゃん、あんたは本当にこういうのうまいよなあ。二人に向かって笑顔で言い、まだ半分も残っている私のグラスを指し、あ、なんか飲む？　ビール？　ワインにする？　と訊いたりした。

そんないっさいを無視して、栄一郎はテーブルを見据えたまま話し出した。洒落にならないって思ってるだろ、でも、ただの写真なんだ。観光地で、象に乗るとか、バナナボートに乗るとか、そういう話だと思ってほしいんだ。おもちゃ売場の前で必死に母親を説得するような、どことなく幼稚な熱っぽさで栄一郎は語っていたが、それらすべてを無視して正俊は食事を続けていた。どうしていいのかわからず、私もそろそろと料理に手をのばし、スタッフドトマトやイカの唐揚げを食べ、ビールを飲み、手を挙げて店員を呼びちいさな声でワインを頼んだ。ずっと黙って栄一郎を見ていたこずえは、急にうつむいた。ほとりと水滴が落ちる。あああ。わたしはこっそりため息をつく。運ばれてきたデカンタのワインを、グラスになみなみついで飲む。

「あ、おれにもちょうだいワイン」と、自分の前に置かれていたグラスを正俊が手にしたとき、がたん、と大げさな音が店内に響きわたった。驚いて目を閉じた私は一瞬何が起きたのかわからなかったが、目を開けると、椅子《いす》を蹴倒して立ち上がった栄一郎が、テーブル越しに正俊の胸ぐらをつかんでいるのが目に入った。おまえさあ、人が話してるときはちゃんと聞けよ！　栄一郎が怒鳴る。店じゅうの人間が驚いてこちらを見ている。やめて、と弱々しく言いながらこずえは栄一郎の腕にすがり、正俊は栄一郎の腕を払いのけ、しかし執拗《しつよう》に栄一郎は正俊につかみかかろうとし、テーブルが揺れてワイングラスとカラマリアの皿が床に落ちて、大げさな音をたてて割れた。おもて出ろッ、と叫びつつ栄一郎は正俊の首根っこをつかみ、外へと引きずるようにつれていく。ちょっと、とこずえを見ると、こずえはテーブルに突っ伏して泣き出した。じっと身動きせずに事態を見ていた若い店員が、弾《はじ》かれたように彼らのあとを追って店の外へと走り出していく。

この人たち、こんなふうな人たちだったっけ？　乱れたテーブル、倒れた椅子、割れたグラス、飛び散ったカラマリア、こずえのつむじ、それらを眺め、私は至極冷静にそんなことを思っていた。こんなふうな、激情的な人たちだったっけ？

驚いてこちらを見ていた客たちは、しばらく店の外を気にして小声で何か言い合っていたが、やがて飽きたのか、それぞれの食事に戻っていく。何ごともなかったかのように会話をはじめる。

私はしゃがみこみ、飛び散ったグラスや皿の破片をまとめた。厨房からコックらしい中年男が出てきて、危ないから触るなと身振りで示し、手にしたビニール袋に破片を放りこんでいく。ごめんなさいとあやまると、彼はウインクしてみせる。始末をしているコックにかまわずこずえは泣き続けている。私は残った料理と残ったワインを、やむなくひとりで片づける。

二人がいつまでも帰ってこないので、会計をすませ、泣くこずえを立ち上がらせて店を出た。見送りにきた店員とコックに、もう一度ごめんなさいと英語で謝ると、彼らは肩をすくめて見せた。店を出ると二人の姿がない。通りはひとけもなく静まり返っている。レストランのドアから顔をのぞかせた店員が、アスティノミーア、とつぶやき、両手首をくっつけてみせる。警察に連れていかれたと言っているのだと、数秒考えてわかった。

橙色の街灯が照らす石畳の道を、こずえと二人で帰った。なおもしゃくりあげながらこずえは、ごめんねと言った。「私たちなんか、連れてこなければよかったって思ってるよね」と言った。

「うん、思ってる」と答えると、こずえはしゃくりあげながらも笑った。私は言った。

「結婚式したいなら、ふつうにすればいいじゃん。いろいろな問題片づけて、再婚できることになったらすればいいんじゃん。何もここじゃなくたって、どこででも。そしたら私、ギリシャだってハワイだってオーストラリアだってどこへだっていくよ」

「二三ちゃん、私たちはそういう未来が待ちきれなくて式を挙げたいって思ってるんじゃないんだよ」

「そんなことは言ってないよ、今しなくてもって言ってるんだよ。今、この旅行で」

「栄ちゃんはどう思ってるかわかんないけど、私はねえ二三ちゃん、もうひとつの人生ってのがあるって、信じてみたいんだよ」バッグからティッシュを取り出し、こずえは勢いよく洟《はな》をかんだ。こずえが手にしたのは金貸し屋が無料で配っているティッシュで、東京の繁華街を歩くこずえの姿が思い浮かんだ。差し出されたティッシュを受け取るこずえの姿。

「何それ」

「私は未来なんて信じてないよ。栄ちゃんが別れるかどうかなんてわからないし、私が野村くんと離れられるのかもわからない。もし双方別れたとしたってそのとき私たちもだめになるかもしれない。だから私はそんなことはなんにも信じていないの。ただね、二三ちゃん、私ね、栄ちゃんに会って思うようになったの。もうひとつの人生があるんだなあって。手に入れられなかったもうひとつの人生」そこでまたこずえは洟をかんだ。通り沿いの店は早々とシャッターを下ろしていたが、ぽつぽつと明かりの灯った店もあった。ほとんどがバーだった。ガラス張りのバーを通りすぎるときなかをのぞくと、店内は食堂のようにこうこうと明るかった。テーブル席もカウンターも客で埋まっていた。客は全員が全員、白髪に赤ら顔の老人ばかりだった。彼らは天井近くにとりつけられたテレビを見上げ、手を叩《たた》いたり椅子から立ち上がったりしていた。ガラスで隔てられているだけなのに、彼らの喧噪《けんそう》は通りには聞こえず、まるで別世界みたいだった。

「私は今ここにいて、私の人生らしきものを生きていて、ここからはもう出られないと思ってる。出てしまったらもう自分の人生ではないと思ってる。でもそうじゃない。今いるところから出れば、きちんともうひとつ、私の人生がある。そう思いたいの。この旅行でそんなふうに思ったの。それを忘れないための何かがほしいと思ったの」

「それが結婚式なの」私は訊いた。

「ごめんね」とだけ、こずえは言った。点々と橙色の街灯が続く先に、ホテルが見えてきた。

その夜、正俊が部屋に帰ってきたのは午前一時をまわってからだった。くちびるの端が切れて赤かった。店の外で栄一郎が殴りかかってきて、タイミングよくそこに警察官が通りかかり、二人でしょっぴかれたらしかった。

「まいったよ、言葉わかんないし、二人して、なんでもないんだ、喧嘩するくらい仲がいいんだって身振り手ぶりと片言の英語で説明してさ、警察のほうも似たような片言と身振り手ぶりで絵まで描いて、名前とか職業とか泊まってるホテルとか訊いて、もう、ジェスチャー大会みたいだったよ」うんざりした様子で話していた正俊は、最後はそう言って笑い出した。彼が笑ったのでいくぶん私はほっとした。

「結婚式のことだけど……」言いかけると、

「おれはいやだよ」ベッドに腰かけてテレビのリモコンをいじりながら、正俊ははっきり言った。結婚式に出てあげるくらいならいいのではないかと言おうとした、私の気持ちを読んだかのように。

「道徳的にとか、悪ふざけとか、そういう理由でいやなんじゃない。なんだか逃げてるみたいでいやなんだよ」

「逃げてる？」

「結婚式挙げて、写真とか撮って、そのへんで買った指輪交換して、中指とか右手とかにはめたりして、それで満足するんだろ？　満足して、今のままの状態がまた続くんだろ？　そういうの、なんかいやなんだよ。今に不満があるのなら自分たちで解消すればいい。不満がないのなら結婚式ごっこなんかわざわざやる必要はない。そう思うんだよ」

「まあ、たしかに、悪趣味な話ではあるけどさ……」

「悪趣味だとは思わないよ。あのさ、おれの友だちに、学生時代に映画撮ってたやつがいんの、すごい難解な映画で、おれたち見せられても必ず寝ちゃうんだけど。そいつ、学生のときアマ対象のコンテストかなんかで賞もらったんだよ」

私は窓際《まどぎわ》に置いてあるソファに座って、ベッドに腰かけテレビを見つめたまま話す正俊を眺め、その話がどこにどう結びつくのか想像した。まるでわからなかった。正俊は続ける。

「それでそっちでやってく気になったんだけど、プロでは芽が出なかったんだよな。ちっとも。ぜんぜん。でもそいつは現実的なやつで、すっぱりあきらめて就職したんだよ。二十代後半くらいで。今は結婚して子どももいる。ついでにいえば車もあるしローン付きだけどマンションも買った」

「それで？」正俊の話がこずえたちの結婚式にどうつながるのかまだわからず、焦《じ》れったくなって先を促した。

「それでいいじゃん。それでいいと思うじゃん。でもそいつ、飲むと必ず学生時代に賞とったって話すんの。もうどこでもだれとでもかまわずすんの。それであるとき、知り合いのひとりが、そんなに腕がいいなら今度私の結婚式のビデオ作ってよって言ったの。ほら、あるだろ、子どものときの写真使ったり、友だちにコメントもらったりする結婚式の余興のビデオ」

「うん」

「そしたらそいつ、嬉々《きき》として作ったんだけど、ひどかったんだよ。学生のころのまんまの、ものすっごい難解なビデオを作りやがって。結婚式だよ？　わかりやすくてもりあがるもののほうが、いいに決まってるじゃんか」

「それはわかるんだけど、それと、こずえたちの話と、どうつながるわけ？」結局わからないままだったので私は訊いた。

「なんていうか、そういう、今持ってるものじゃないものばっかり追いかけている行為が、おれは甚だしく嫌いってこと」正俊はリモコンをベッドに置いて立ち上がり、「明日さ、アクロティリ遺跡にいこうよ、フィラからバスが出てるらしいから。じゃ、風呂《ふろ》入っちゃうね」と笑顔を見せて洗面所に消えた。

音声を消したテレビを私は眺めた。安っぽいドレスを着た女の子が歌をうたっていた。オーディション番組らしかった。合格したらしく、女の子はその場にしゃがみこんで泣いた。

翌日、私はアクロティリ遺跡にいかなかった。正俊はひとりで遺跡行きのバスに乗った。今日をのぞいたらあと二日、そのあいだに結婚式があげられるはずなんかないと思いつつ、それでも二人と手分けして、日本語か英語が通じ、なおかつ結婚式の手はずを整えてくれる旅行代理店をさがすことにしたのだった。とはいえそんなに広い島ではない。二人はフィラをくまなくさがすというので、私は一昨日も訪れたイアに移動してさがすことにした。今日見つからなければ結婚式はあきらめようと、ホテルを出発するときに二人と約束した。

一昨日は土産物屋やカフェなどをのぞいて歩いたメインストリートの、旅行代理店だけをさがして歩く。それらしい店舗があるととりあえずなかに入った。ほとんどの場所で片言の英語ならば通じた。「結婚式したい」「教会」「明日かあさって」「OK？」と、知っている単語だけを並べた会話をくり返し、三軒ほどまわったのちに理解できたのは、「明日かあさってはノー」ということだけで、しかも四軒目に入った代理店ではじつに流暢《りゅうちょう》な英語を話す美女が、教会で式を挙げるにはギリシャ正教会の信者でなければならないと、気の毒そうな顔で懇切丁寧に教えてくれた。「結婚式を機にギリシャ正教会の信者になったとしてもだめか」と、身振りを交え食い下がってみたが、「順序が逆」ともっともなことを言われただけだった。この島の至るところ、舗装されていない道の先にすら教会があることを思えば、この島の人々がいかに信仰に篤《あつ》いか、暮らしと教会がいかに密接に結びついているか、深く納得でき、そんな場所で、本当に結婚するのではない、しかも双方夫も妻もいる男女の偽結婚式など許されるはずもないよなあと、私は気落ちして旅行代理店を出た。

メインストリートの突き当たりには展望台がある。夕暮れどきには人が集まるらしいが、昼過ぎのこの時間にいるのは犬を連れた老婦人と、ベンチで新聞を広げる老人だけだった。私もベンチに座り、陽を浴びて銀色の板みたいな海を眺めた。二人になんと説明しよう、というか、信者以外結婚式はできないとそのままを伝えればいいのか、というより、二人も今ごろどこかでそんな説明を聞いていることだろう、などとくどくどしく考え、なぜ自分が二人の結婚式ごっこにこんなに熱心なのかと不思議に思った。

二人を会わせ、親しくなるようけしかけた責任感からでもないし、悲恋中の二人に同情したわけでもない。むしろ、旅先で人が変わったように怒ったり喧嘩をはじめたり泣いたり、旅の恥はかき捨てとばかり感情を爆発させている二人にうんざりしていた。じゃあなんでだろう？　と考えてみたが、よくわからないままだった。

私はメインストリートに戻り、店の外にテーブルを並べたギロピタ屋でビールとギロピタを注文した。まずビールが、次にギロピタが運ばれてくる。切れ目の入った丸いピタに、そぎ落とされた羊肉、山盛りのポテトにサラダ、たっぷりのヨーグルトソースののった一皿だ。ピタのなかに肉とポテトとサラダとソース、詰められるだけ詰めてかぶりつく。ギリシャにきてはじめておいしいものを食べたような気持ちだった。店の外に出てきた店員に、オレオ、と声をかけると、彼は目を丸くして驚き、この東洋人がオレオと言ったぞと、たぶんそんなようなことをほかのテーブルで食事をしている客たちに言ってまわる。オレオ！　と客のひとりが食べかけのギロピタを持ち上げて叫び、私もオレオ！　と返して笑った。鳩《はと》が落ちたパン屑《くず》をねらって足元を歩き、崖《がけ》沿いに建つ真っ白な建物が陽射しを浴びてぎらぎらと光っていた。

見知らぬ国でひとりで食事をするのははじめてだと気づく。この八年、いつも正俊といっしょで、私たちは単独行動などしない。二人でメニュウを広げ、読めない文字を判読し、賭《か》けをするように注文し、出てきたものと想像したものの違いに笑い、おいしいね、とか、まずかったね、とか言い合って食べ、そして帰国後、せわしない毎日のなかでそんな旅のことを思い出しては笑い合う。まずかったものの料理名や、互いの失敗談が、二人にだけしか通用しない暗号になる。私たちは日々のなか、そんな暗号を言い合っては笑ってばかりいる。二人で過ごす時間が長ければ、暗号はどんどん増える。つきあいはじめは多かった喧嘩も、最近ではめっきりなくなった。相手が何を望み何をいやがっているのかだいたいわかるし、ならばわざわざ相手のいやがることをする必要はない。どうしても我慢ならないことなど、日がたつにつれ減っていく。衝突してまで通したい我《が》など私にはなく、それは相手も同じらしい。私たちは深刻ぶって日々の不満をぶつけ合うよりもむしろ、八年間という年月が作った暗号で笑っているほうが好きだった。そういうことを、私は結婚と呼ぶのだとずっと思っていて、そうしてその通りのものを手に入れた。

さっきの店員が、グラスに入った透明の酒を持ってくる。プレゼントだと言う。見ててみ、と身振りで示し、その酒にピッチャーの水を注いでみせる。透明だった液体が白く濁る。ウゾーはすでに飲んでいたが、彼が手品を披露したかのように得意げな顔で私を見下ろすので、私は驚いてみせる。すごい、すごーい！　彼は満足そうにうなずく。離れた席の客たちが乾杯の仕草をする。グラスを高く持ち上げ一気に飲んでみせると、彼らから大喝采《だいかっさい》が浴びせられる。喉《のど》から胃にかけて、線を引くように熱くなる。無闇《むやみ》にたのしくなっている。はしゃいで叱《しか》られた子どものころのことを思い出す。調子にのって一気飲みしたことが恥ずかしくなって私はピタにかぶりつく。口の端からぼとぼととヨーグルトソースが落ちる。

正俊といっしょだったならこんなふうなことはなかっただろう。ふと気づけばそんなことを考えていて、私はびっくりする。正俊といっしょだったらどんなことがなかったというのだろう？　ウゾーをおまけしてもらうことか、店員や客たちがオレオという言葉をよろこんでくれることか、一気飲みした自分に歓声をあげてくれることか。そんなのつまらない、とただちに私は思ってみる。そんなのつまらない、正俊といっしょじゃないことで得られたものなんかべつにたいしたものじゃない。彼がここにいたほうが断然よかった。数日後に帰る日常で、オレオと言って笑い合うほうがずっとよかった。だって夜、遺跡から帰った正俊にこのことをいくら説明しても、私が味わったたのしさは、——それがいくらつまらないものであれ——通じるはずがないのだから。私はピタを押しこむようにして口に入れ、咀嚼《そしゃく》した。

アテネに向けて出発する前日、目覚めてからずっと私は気分がよかった。朝食を食べているときも、ビュッフェコーナーで会ったこずえと栄一郎がむっつりとしているのを見ても、その気分のよさは損なわれることがなかった。

結局、二人は結婚式を諦めたのだった。フィラの旅行代理店で、ある教会の神父と知り合いだという青年があれこれ手まわしをしてくれようとしたのだが、日程の早急さというよりはむしろ、ギリシャ正教の信者ではないということで神父から直《じか》に断られたらしい。それで二人は相談の結果、フィラの貴金属店で揃《そろ》いの指輪を買い、フィラの大聖堂でそれを交換するだけにとどめることにした。写真を撮ってほしいとこずえはおそるおそるといった感じで私に頼み、正俊は気乗りしないふうだったが、私が了承すると彼もいっしょにいくと言った。午後三時に大聖堂で待ち合わせをし、それまでは別行動をすることになった。

私たちはバスに乗って古代ティラの遺跡を見にいった。シーズンはとうに終わってしまったらしく、バスに乗っているのは買いもの籠《かご》を提げた地元の人ばかりで、バス停からティラへの山道もまったくひとけがなかった。ティラは紀元前九世紀ころから千年にわたって繁栄した町とガイドブックには書かれていたが、枯れて黄土色になった雑草に埋もれるように、崩れかけた石垣の名残といったようなものが点在しているだけだった。それでもけっこう高い山頂にあり、眼下には紺碧《こんぺき》の海が堂々と広がっていて気持ちがよかった。訪れる人もいない消えた町の跡を、私と正俊は手をつないで歩いた。

「こういうの見ると、古典の授業思い出すな」

「ああ、盛者必衰《じょうしゃひっすい》のナントカ」

「そうそう」

「あとでビーチに下りてみようね。三十分くらいらしいから」

「カマリから出てる船があったら乗ってみようよ」

そうだね、と私は答え、ごめんね、とつけ足した。

「四人の旅行でいいよって言ったのも私だし、今日のこともいくよって言ったのは私だし」

いいよ、そんなことはもう、といつもなら言うであろう正俊は、聞こえなかったふりなのか、それともはっきり無視したのか、何も答えなかった。そのせいで、なんだか自分が一年に一度のイベントであるこの旅行を、昨年からたのしみに計画していた時間を、めちゃくちゃにしてしまったようなばつの悪さを覚えた。しかし不思議なことに、朝に感じた気分のよさはまだ持続していて、まあいっかそんなことはどうでもと、たった今感じたばかりのばつの悪さもすぐさま消えていってしまった。なんだろう、この気分のよさは。あまりにも晴れ晴れした気持ちなので、不思議に思った。これからすばらしいことが次々起こるような、このわくわくした心持ちはなんだろう。さんざんな旅になってしまったように思うけれど、何かいいことがあったっけ。明日向かうアテネがそんなにたのしみなんだっけ。

「店、なーんにもないんだな」

「シーズンオフだしね」

「昼、どうしようか」

「ビーチにいけばなんかあるかもよ」

私たちは遺跡にさしたる感慨を覚えず、盛者必衰以外の感想を述べ合うこともなく、そのまま山道をくだりバス停があった通りに出、ビーチのある方向に歩き出す。山道をうねるように続く道路を走る車もなく、歩く人もいなかった。

「来年はどこにいこうか」

「ポルトガルは？　炭火で秋刀魚《さんま》を焼いて食べるらしいよ」

「それもいいけど、あったかいところで泳ぐのもいいよな。なんか海見てたら泳ぎたくなった」

「ドイツ人は泳いでるよ」

「たしかに泳いでるな」

私たちは顔を見合わせて笑った。笑ったまま私は、あ、とちいさく声を出した。何？　と正俊が訊く。なんでもないと答える。朝からずっと続く気分のよさの理由に思い当たったのだった。

「来年はさあ、あの二人がなんと言おうといっしょにいくのはいやだからな」

「うん、まあ、そうだよね。それにきっと、もう言わないよ、あの二人も」

「ベトナムは？」

「ビーチ、あったっけ。ビーチを重要視するならモルジブとか」

「水位が上がってるっていうもんな」

私たちは、いってみたい国や町を思いつくまま口にして坂を下りた。やがてビーチが見えてきた。あきれるくらいに青い海は、水平線がかすんで空に溶け出しているみたいだった。

カマリビーチで海を眺め、フェリーはすでに冬季休業に入っていたので、バスに乗ってメッサリアまでいき、そこで昼食をとりまばらに開いている土産物屋やマーケットを冷やかして、バスでフィラまで戻った。フィラに着いたときは約束の時間を十分遅れていたが、結婚式があるわけではなし、私たちはさほど急がず大聖堂までの道を歩いた。そうして、大聖堂に向から石段を上がり、入り口にいるこずえと栄一郎を見つけて石段の途中で足を止めた。こずえはどこで買ったのか、白いネグリジェみたいな裾《すそ》の長いワンピースを着ていて、栄一郎は下はチノパンツだがシャツにジャケットを着ており、そして二人はまたしても喧嘩をしていた。数十メートル離れていても彼らの声はよく聞こえた。そのくらい派手な喧嘩だった。声は聞こえても、いいかげんにしろ、とか、もう顔も見たくない、とか、くるんじゃなかった、とか、最初に計画したのはそっちでしょ、とか、そんなことばかりで、喧嘩の原因が何であるのかは判然としなかった。栄一郎は両手をふりまわし、指を彼女の目の前に突きつけわめきたて、こずえは手にしていた紙袋を彼に投げつけ、両手で耳をふさいでわめいていた。そんな二人は、またしても私の知らない激情型のカップルだった。私の隣で正俊がため息をつくのが聞こえた。

「とりあえず、いってみようよ」私は言い、正俊の手を引くようにして石段をのぼる。大聖堂前の広場で、車座になっている若者グループも、鳩にえさをやっている親子連れも、アコーディオンを肩に提げ入り口付近に座りこんでいる老人も、もの珍しげに喧嘩する二人を眺めていた。私たちに先に気づいたのはこずえで、こずえは足元に落ちた紙袋を拾い上げるともう一度栄一郎に投げつけて、私たちに走り寄ってくる。

「聞いてよ、聞いてよもう、ひどい、信じられないッ」私に抱きつくようにして言う。大聖堂前の人々の視線が今度は私たちに注がれる。

「何よ、どうしたのよ」私はべったりとはりつく彼女を引き剝《は》がしながら訊いた。

「だってだって、あの人、自分の結婚式について話すのよ、信じられない、サムシングフォーなんて言われたって知らないよ、なんなのよ、信じられないッ、人でなしッ」

こずえはだらだらと涙と洟水を流しながら私に訴える。

「おれもう我慢できない、なんなんだよいちいちつっかかって、騒いで。ふつうの話をしていたんだろ？　なんでそんなふうに頭のおかしい女みたいに騒ぐんだよ、いいかげんにしろよッ」と自分も騒ぎながら栄一郎が近づいてきて、するとこずえが彼が近づくのを避けるように両手をぶんぶんふりまわし、片手が栄一郎の顎《あご》を引っ搔《か》く格好になり、「あにすんだよこのッ」と叫んで栄一郎がこずえの両手首をつかもうとし、私まで巻きこまれてもみくちゃになる。「ちょっとやめなさいよみっともない、また警察がくるよ」正俊がうんざりした声で言いながら、私たちから栄一郎を引き離した。

「だって、こんなところでサムシングフォーって言われてどうやって何を準備するの？　古いものも新しいものも青いものもないじゃない、借りものは二三ちゃんから何か借りられるだろうけどォ」私に抱きついてこずえはわんわんと泣いた。文字通り、わーんわーんと声をあげて。

「だからただそういう話だろうがッ。知ってるかって話だろッ。あーもういやんなった、あーもう馬鹿馬鹿《ばかばか》しい、そんなふうにつっかかるなら最初からこんなことしなきゃよかったんだよッ」

手にしていた紙袋――さっきこずえが投げつけたものだ――を足元に捨て、背後にぺっと唾《つば》を吐いて栄一郎は言う。

「そうだよ、最初からやらなきゃよかったんだ。な、中止ならおれたちはいらないよな、二三子、いこう。この時間ならもしかしてカメニ行きツアーに間に合うかもしれない」

正俊は言い、私からこずえを引き離し、私の手を取って石段を下りはじめる。

「オールドポートまで下りて、そこからフェリーが十六時に出るはずなんだ。もしかしたらそれも冬季休業に入ってるかもしれないけど」と、何ごともなかったかのように言いながら歩く。私はそっとふりかえる。石段の上、呆然《ぼうぜん》としてこちらを見ているこずえと栄一郎がいる。頼りなくそこに突っ立っている。

「待って」と言ったのはこずえだった。「待って、お願い、指輪の交換だけするからいっしょにいて」と、悲痛な声で叫ぶ。

「最初からこんなことしなけりゃよかったんじゃないの？」正俊はふりむいて、心底嫌そうな声を出す。

「ごめん、私が悪いの。私が悪いだけなの。すぐすむから、ねえお願い、いっしょに教会のなかに入って。お願いします」

するとと突っ立っていた栄一郎が、くずおれるようにその場で土下座をし、「悪かった、頼む」と言った。私は正俊の手をふりほどいて石段を駆け上がり栄一郎を立たせた。気の毒に思ったのではない、みっともないと思ったからだった。痛々しいくらいみっともないと。

大聖堂のなかは空《す》いていたが、まったく人がいないわけではなかった。みな思い思いの場所で跪《ひざまず》き、正面に飾られているイエスを抱くマリアの絵に向かってぶつぶつと語りかけていた。私たちは祈る人々に遠慮してうしろのほうの席に座った。私と正俊が並び、その前の列にこずえと栄一郎。おもてとは一転して内部は暗く、壁にびっしりと掛けられたイコンが濡《ぬ》れているように光る。こずえと栄一郎は、遠慮しているのかタイミングを計っているのか、なかなか指輪の交換をしようとしない。私はぼんやりと、マリア像や、壁のイコンや、うなだれて祈る人々の背中に視線を這《は》わせた。静かだった。

旅先で開放的になって感情を爆発させているのではないだろう。泣いたり笑ったり怒ったり、愛したり許したり求めたり諦《あきら》めたり、まるで芝居のように、ハリウッド映画の登場人物のようにオーバーに振る舞ってみせるのは、結婚式と同様、彼らにとってもうひとつの人生なんだろうと私は想像した。現実にはそんなことはしない。大声を張り上げて泣くことも土下座をして何かを頼むこともしない。つかみ合いの喧嘩《けんか》をすることも偽の結婚式を軽々しくあげるようなこともしない。しないことを選んで私たちは私たちの暮らしを暮らしているのだ。

さっきビーチで思い出した夢の内容を、二人の背中を見ながら私は胸の内に再生する。

夢のなかで私はひとりだった。正俊と暮らす家をひとりで片づけていた。いくつか家具がなくなって、場所によって壁の色が違った。何か決定的なできごとがあって正俊と離婚したという記憶を夢のなかの私は持っている。決定的なできごとが起きたときの胸の痛みも、離婚するしかないと結論づけたときの絶望も、夢のなかの私は生々しく覚えている。夢を見ている私はそうした事情をいっさい了解し、同様に、すべての経緯を知っている。しかし夢のなかの私は笑っているのだ。正俊のオーディオセットがあった床を拭《ふ》き、洗面所に残っていたひげ剃《そ》りを嬉々として捨て、歯が抜けたような本棚の本を片隅に寄せ、そして思っている、ああせいせいした。今度の休みは正俊といっしょではない。だれにも気兼ねせずひとりでどこへだっていける。休みを待つ必要だってない。ひとりで有休をもらえばいいだけの話だ。正俊が馬鹿にしていこうとしなかったハワイ。面倒そうという理由で避けていたインドもいいな。好きなだけひとりでいられる。好きなときに好きなように好きな場所へいける。そんなふうに思って、こみ上げる笑いを抑えきれないのだ。

目覚めるとまだ顔がにやついていた。私をのぞきこむ正俊と目が合った。にやけてたけど、よっぽどいい夢見てた？　正俊はからかうように言い、そのときすでに私は、自分が見ていた夢の内容を忘れていた。何を見ていたんだっけ。忘れてしまったけれど、でも、なんだかやけにいい夢だった。とってもいい夢だった。

その気分のまま私は朝食を食べ、ホテルを出、遺跡を歩き、海までの道を歩いていたのだ。これからすばらしいことが次々と起こるような、浮かれた気分で。

その気分の原因が夢だと、正俊と別れてせいせいする夢だと気づいたとき、私は少なからずショックを受けた。夢の内容にではなく、その夢がずっと私を上機嫌にしていたことに。だって私は、そんなことを望んだこともなく、これからも望むはずはないと信じているのだから。正俊の言葉を借りれば、私は今持っているものだけで満足しているつもりだが、もしかして私にも、こずえの言うようなもうひとつの人生に対する憧憬《どうけい》や期待があるのだろうか。選ばなかった私がいて、選ばなかった日々があり、選んでしまった私は、手に入らないそのもうひとつを心のどこかで切望しているのだろうか。あるいは切望する日がいつかくるのだろうか。

前の席に座っていた栄一郎が、こそこそと隠すようにして紙袋からちいさな箱を取り出す。こずえもあわててまねをしている。箱を開け、なかに入っていた指輪を、栄一郎がこずえの指にはめる。こずえもそれにならって栄一郎の指にはめる。のぞきこんでみると、石の入ったおもちゃみたいな指輪は、それぞれの結婚指輪を外した左手の薬指で鈍く光っていた。指輪をたがいにはめ終わると、箱と紙袋をまとめ、じっと前を向いて座っている。

もうひとつの人生なんかないよ。と、私は、前の列に座る馬鹿みたいな喧嘩をした馬鹿みたいな男女の後ろ姿に話しかけるように思う。きっとそんなものはないよ。自分の人生らしきものから、いかなる意味でも私たちは出ることはできないよ。だからそのおもちゃみたいな指輪は、もうひとつの人生を信じさせてなんかくれない。旅から帰って、きっと別の指にはめなおすのだろうその指輪を見て思い出すのは、もうひとつの人生ではなくて、この騒々しくてみっともない旅だけだろう。私たちにあるのは、今、とそれ以外、だけだ。私と正俊がいっしょにいなかったとして、という仮定は、もし私が犬に生まれていたら、という仮定と、なんら変わりはないに違いない。気がつけば、背中を見せている二人に、というより自分自身に向けて私は話しかけていた。

「写真、どうするの」

二人の真ん中に首を突っ込むようにして正俊が訊いた。二人は顔を見合わせ、

「ここではなんだから、教会の前で撮ってくれ」と栄一郎が答えた。

その言葉を合図のようにして、私たちは立ち上がり、音を立てないようにして大聖堂を出た。陽はまだ高い。大聖堂前の広場にはあいかわらず、アコーディオンを提げて腰を下ろした老人と、鳩を見つめる親子連れがいた。若者グループはもういなかった。大聖堂の入り口に二人は並び、栄一郎のカメラを持った正俊がファインダーを覗《のぞ》く。私は少し離れて彼らを見た。はいチーズ、と正俊が言い、二人はぎこちない笑顔を作った。島の斜面に貼《は》りついたような真っ白な家々が、陽射《ひざ》しを浴びて目にしみた。

「まだ早いけど、飲みにいこう」栄一郎が正俊からカメラを受け取りながら言う。

「もう騒ぐなよな」正俊が言い、

「なんだ、それ」と栄一郎が笑う。

「あそこがいいんじゃない、ほら、今日通りかかった、ちょっとすてきな内装の」こずえが言い、

「ああ、そうだな、そうしよう。ちょっと歩くけど」栄一郎が先に歩きはじめる。こずえがその隣に並び、私と正俊はあとに続いて石段を下りる。

「またこようね」ふりかえって白い服のこずえが笑いかける。頬に涙のあとが残っていて、陽射しの下でそこだけファンデーションがはげているのがわかった。

「当分はいやだな」という答えは正俊の本音だろうが、さすがに声は冗談めかすように笑っていた。

「ずっと先ならいいね。二十年後とか」私はつけ足した。本当に、そのくらい先にまたいっしょに旅行をしたいと私は思っていた。ここでもいいし、べつのところでもいい。

「二十年後だって。約束ね」こずえは栄一郎に言った。

はてそのとき、私たちはどんな人生のなかにいるのか。どんな顔ぶれで見知らぬ町を歩くのか。どんなふうな「もうひとつ」を信じたがっているのか。私は並んで歩く三人に訊いてみたかったけれど、

「約束ね」と、こずえの言葉をくり返した。こずえの服は、白い町並みに同化するように光を放っている。名前を知らない鳥が縦隊を作って頭上を飛んでいく。眼下の海はあいかわらず、空とつながるように水平線をにじませている。

月が笑う

その時点で隈之井《くまのい》泰春《やすはる》はだいぶ惨《みじ》めな気分を抱いていたのだが、しかし冬美に実際交際相手がいることが確認されるやいなや、その惨めさはあとかたもなく消え去って、そのかわり、勝ったという優越的な気分が体のすみずみまで広がった。

そもそも六年目に突入した結婚生活が、結婚した当初のように心躍るものではないとは、泰春自身も感じてはいた。会話もほとんどなく、接吻《せっぷん》したり性交したりというスキンシップはもっとなく、この二年ほど、夏休みをすり合わせて旅行にいくことはおろか、休日にいっしょに出かけることもなくなっていた。それでも、そんなものだろうと泰春は思っていたのである。共働きの夫婦なんてそうしたものだろうと。いってきます、ただいまと言うたんびに抱き合うような熱はなく、でもたがいが家にいるというだけで安心できるような関係、それが夫婦というものであろうと。あと二十数年すれば双方定年退職をするのであり、そうしたら否《いや》が応でも毎日顔を合わせることになり、旅行だの会話だのゆっくりまったりした時間だのは、そのときいくらだって作れるはずで、働き盛りの今こそ、少しくらいすれ違ったって懸命に働いておこう、四年前に買った分譲マンションのローンも返せるし、と泰春は思っていた。また、冬美もそう思っていると信じて疑わなかった。

何しろ会話もスキンシップもデートも旅行もないが、険悪だったわけではない。泰春が帰ったときに、起きていれば「何か食べる？」と冬美はごくふつうに訊《き》いたし、たまたま日曜日ふたりとも家にいると、連れだってスーパーマーケットに買いものにいったりもした。泰春は、この倦怠《けんたい》にも似た静けさが、夫婦として順風満帆の証《あかし》と思っていたのである。

だから冬美が、離婚してほしいと目を合わさないまま言ったとき、泰春には青天の霹靂《へきれき》だった。コンビニエンスストアの弁当をあたためもせず食べていた冬美は、弁当のなかの焼売《シュウマイ》を見つめたままそう言い、冷蔵庫からミネラルウォーターのペットボトルを取りだしたところだった泰春は、「なんで」と訊きながら、青天の霹靂ってこういうことを言うんだな、と驚きのあまり冷静なことを胸の内でつぶやき、続けて、霹靂って字、おれ書けないなと思っていた。

「なんでってこんなの夫婦の暮らしじゃないよ」と、弁当に顔を突っ込むのかと思うほどうなだれて冬美は言った。

「これじゃルームシェアしてる多国籍の学生とかわらない。私あなたと結婚してることがもうつまらなくなっちゃった。あなただってそうでしょ。こんなの結婚って言わないよね。結婚してる意味ってないよね」

え、でもさあ……と言いかけた泰春の目に、弁当に顔を近づけた冬美の目から、水滴が落ちるのが見えた。水滴は白米の上に落ちた。ずる、と洟《はな》をすすり上げ、

「お願い、別れてください」

と、うつむいたまま冬美は言った。

心躍るものではなかったが、しかしそこまで悪化しているとも思っていなかった泰春にとって、冬美の嘆願はまさに青天の霹靂で、はいそうですかと従えるようなものでもなかった。マンションのローンもあと二十五年残っている。それで、飲み会やだらついた残業はやめてできるだけ早く帰り、冬美の帰りをじっと待った。もっと何か方法があるはずだよ、おれもっと家事するようにするし、土日も自分の用事入れるのできるだけやめるよ、もっと二人で過ごそうよ、二人の時間をもっと作れば前みたいにうまくいくよ、と冬美を説得するつもりだったのだが、離婚したいと宣言したのちの冬美は平気で明け方三時四時に帰宅するようになり、ときには外泊すらしてくるの

だった。午前三時まで泰春が起きていられたとしても、冬美をつかまえ用意しておいた説得文句をすべて言うのは不可能だった。「もっと何か方法が……」と言い出すやいなや、「私にとってだけじゃない、ヤッくんにとってもそのほうがぜったいいいと思うの。だってこんな暮らし夫婦じゃないよ、ヤッくんだってそう思うでしょ、ヤッくんのためにもぜったい別れたほうがいいんだよ」と、説得の応酬にあった。うまい具合に説得できない泰春は、このまま冬美の主張通り別れることになるのだろうかと考えてみたが、しかしどうしても腑《ふ》に落ちず、離婚する気にはとうていなれなかった。それで泰春は、説得の次に、男ではないかと仮説をたてた。あんなこと言って、本当は単純に別の男ができたのではないか。だから話し合いも拒否しているのではないか。

泰春は、なんとかして冬美の携帯電話やスケジュール帳を盗み見てやろうと思い、思うばかりか盗み見る隙《すき》を狙《ねら》っていたのだが、しかし冬美は、風呂《ふろ》にいくにもトイレにいくにも、和室で眠るときにも（ずいぶん前から冬美は寝室のベッドではなく和室に布団《ふとん》を敷いて寝るようになっていた）、かたときも携帯電話とスケジュール帳の入った鞄《かばん》を離さない。それもますますあやしく思え、あやしく思いはじめたらその疑惑に取り憑《つ》かれたようになった。

ヤッくんだって、だの、ヤッくんのためにも、だのと冬美は言うが、しかしもし男だとするならば、こんなに勝手な話はない、が、納得はいく。男が理由ならば自分にとって青天の霹靂でしかるべきで、こちらにはなんの非もないことになる。そのことをどうにかして確認しなければならない、と泰春は思い詰め、仕事を定時で切り上げて冬美の勤める八丁堀の文房具会社までこっそりと赴き、出入り口近辺で探偵よろしく見張ることとすらした。三度ほどそうしてみたのだが、ドラマのようにかんたんには冬美の姿を確認することができず、毎回十時過ぎに空腹に負けてひとり帰宅する羽目になった。

冬美が離婚したいと泣いたのが夏の盛りが過ぎたころで、立てなおし計画の説得も男の存在の確認もできないまま三カ月が過ぎ、このころになると冬美は三日に一度ほどしか帰ってこず、会話すら避け、ただひたすら「離婚してください」「年内にはなんとか」「どうかお願いします」などといった短い携帯メールを泰春に送ってくるのみになった。そして十一月も後半になって、泰春は探偵事務所に冬美の浮気調査を依頼したのである。今自分はとっても惨めなことをしていると、泰春は自覚していた。惨めでみっともなくてなさけなくて、友人にも肉親にもあかの他人にもとても言えないようなことをしていると。けれどその惨めな気分よりも、男がいるのか否《いな》かを知りたい気持ちのほうがはるかにまさっていた。

そうして、いたのである。

調査は一週間ですんだ。十二月の第一土曜、泰春は西新宿の探偵事務所で調査報告書を受け取り、近くの喫茶店でそれをむさぼり読んだ。たしかに冬美には交際相手がいた。ひとつ年上の、同じ会社の違う部の男で、冬美とは一年以上二年未満の交際をしており、結婚していたがこの七月に離婚と報告書にはあった。ははん、なるほどと、泰春は無意識に声を出していた。つまり冬美とこの男は一年以上前に恋仲になり、単なる浮気ではなく本気へと発展し、七月に男が離婚したのを受けて八月の終わりに冬美が離婚を迫ったわけか。帰ってこないのはこの男の家にいるのだろうし、男の存在を明かすとか何がなんでも離婚手続きをとらせるとか、冬美が強硬手段に出ないのは負い目もあり、また慰謝料請求などされたらという不安もあるのだろう。と、そんな癖はないくせに泰春は指で顎《あご》を撫《な》でさすりながら幾度も頷《うなず》いた。

今日、西新宿の探偵事務所に入るまで感じていた、惨めさ、みっともなさ、情けなさは、ガラス窓から入りこむ橙色《だいだいいろ》の夕暮れに蒸発するように消え、勝利気分が指の先までじんわりと広がった。

どうとでもできる。

すっかり冷めたコーヒーをすすって泰春は考えた。どうとでもできる。冬美がおそらく不安を覚えているように、多大な慰謝料を請求することもできる。福井に暮らす冬美の両親に訴えることもできる。三年前まで高校の教頭を務めていた厳格な義父が、冬美の勝手な行動を許して離婚に賛同するとは思えない。離婚届にぜったいに判を押さないことだってできる。だってこちらに非はないのだ。ぜんぜん、ちっとも非はないのだ。会話がないのも旅行がないのも性交がないのも二人の時間がないのも、自分のせいではなかったのだ。こんな勝手な話ってあるか。自分に非があるのにそれをひた隠して、こちらも悪いように言い募って、自分だけに都合がいいように離婚に持っていって、それで万々歳なんてことがあってたまるか、馬鹿《ば か》野郎、見てろよ、見てやがれよ。泰春のなかで勝利気分は高揚した怒りに変わり、泰春は勢いよく冷めたコーヒーを飲み干し、飲み干す直前にむせ、テーブルとセーターを汚した。まあまあまあ、と、マスターの妻らしい年輩の女性が大げさな声をあげて駆け寄ってきて、幾重にも重ねた紙ナプキンで泰春のセーターを叩《たた》くように拭《ふ》く。幼い子どものようにされるがままの姿勢で、いったいどうしてやろうと泰春はぎらついた気分で考え続けていた。

肩を叩かれはたと我に返ると、見覚えのない光景が目の前に広がっている。黒ずんだ木目のカウンター、壁にずらりと並ぶ酒瓶、茶色い液体が半分ほど入ったグラス、不自然に真っ黒な頭髪を七三に分けた初老の男。それらが薄暗闇《うすくらやみ》のなかに浮かび上がっている。すみません、もう閉店なんですよ、と男は泰春をのぞきこみ、ささやくように言う。あ、ああ、すみません、言いながら立ち上がると視界がぐらついた。ポケットから財布を引っぱり出して金を支払い、泰春は猛スピードで自分がどこにいるのか思い出そうとする。西新宿の喫茶店から今に至る時間経過は、まだらにしか思い出せない。高ぶった気分で喫茶店を出たのはたしか五時過ぎ、帰ろうとして空腹に気づき、駅へと続く地下街にある居酒屋で酒を飲みながら何品かつまみを食べ、明かりの消えた暗い部屋に帰ることに急に嫌気がさしてビールを日本酒に切り替えたところまでは覚えている。その先は、小銭を落としてしゃがんだこととか、地上に向かう階段で唾《つば》を吐いたこととか、通り過ぎたラーメン屋に行列ができていたこととかが、脈絡もないまま思い浮かぶのみだった。

初老のバーテンに見送られるようにして階段を上がり、上がったもののほとんどネオンサインのないその場所がどこであるのか、泰春には見当もつかない。目の前には四車線の道路があり、ひっきりなしに車が走っている。歩道の先に目を凝らすと少し先にコンビニエンスストアがある。痺《しび》れたような頭で腕時計を見遣《みや》ると、午前一時を過ぎている。見上げると月が輪郭をにじませて浮かんでいる。かすんだ月は泰春を笑っているみたいに見えた。ち、と舌打ちをしたとたん吐き気を覚え、植え込みにかがみこむようにして口を開けるが、舌の先から酸《す》っぱい唾が垂れるのみである。そのままよろよろと車道に出、泰春は空車タクシーのランプをさがす。

乗りこんだタクシーの運転手は女だった。住所を告げ、泰春は後部座席にだらしなく座る。「明治通りから目白通りにいくんでよろしいですかねえ」女運転手はしわがれた声で訊き、ああ、はい、いいっすよ、とろれつのまわらない声で答えて泰春は目を閉じる。目を閉じたまま渦巻く酔いを鎮《しず》めようとしていると、どのようにしてあの見知らぬバーにいったかはいっこうに思い出せないのに、なぜそんな羽目になったのかは思い出せた。つまり、冬美に男がいたのである。あの馬鹿女のせいで正体をなくすほど酔う羽目になったのである。数時間前の怒りをありありと思い出して、目を閉じたまま泰春は舌打ちをした。

「なんか事故みたいねえ」

声がし、泰春は目を開ける。運転手が、今の舌打ちを渋滞に苛《いら》ついているせいだと誤解したらしいと、止まっている窓の外の光景をしばらく眺めてから泰春は気づく。

「つい三十分くらい前まではすいすい通ってたんだけど、お客さんも運が悪いわ」

親戚《しんせき》のおばさんのような口調で、前を向いたまま運転手は言う。返事をせず泰春はふたたび目を閉じた。タクシーは這《は》うように進んだかと思うとまた止まる。ふだんならたしかに苛つくようなそののろさが、しかし飲み過ぎで気分の悪い泰春には心地よく、深い場所に吸いこまれるようにうつらうつらしはじめた。

「この時期はたいてい道路工事だけどねえ、事故なんてまいっちゃうよね。まあ、事故でも工事でも、渋滞は迷惑って話だけどさあ」

完全に眠りそうになると、運転手が年季の入ったひび割れた声で話しかけ、はっと泰春は目を開き、そのたび、自分がタクシーに乗っていることを思い出す。

「事故っていえば私も事故を起こしたことあるんですよ。あっ、違うよ、この仕事はじめてからじゃないから安心してよね、この八年、きれいに無事故の安全運転なんだから。まだ免許とりたてのころ、まだぜんぜん若かったころね。お客さん、私にもあったんですよ、若いころが」

うるさい運転手だな、女ドライバーじゃないタクシーを止めればよかったかなと、返事をせず目を閉じて泰春は思う。窓に頭をもたせかけると、窓ガラスが額に冷たい。

「信号のところにトラックが止まってて、そこ右折しようとしたら男の子が飛び出してきてね、びっくりしたよう、あれれって間に、ぽーんと飛んじゃうんだもん、何が起きたかなんてわかりゃしない」

　しかし自分の起こした事故の話を客にするってのはどういうんだろう。ちょっとやばいタクシーをつかまえたんだろうか。泰春は苛々と考える。タクシーが数メートルずつ進むたび、閉じた目の裏に白や黄の明かりが浮かんでは消える。

「もう頭真っ白になっちゃって。ああ、あの子は死んじゃうんだ、私犯罪者なんだ、刑務所入るんだ、人生終わりなんだってパニックでね。私、そのころ結婚したばっかりで、若くて夢も希望もあったから、もうそんなのもぜーんぶ終わりだって、路肩に車止めて、男の子のところにいこうと思うんだけど、脚が震えて歩けなくて」

　泰春は薄目をあけて運転手の後頭部を見つめた。前の車のテイルランプに、運転手の横顔が照らされている。運転手の短い髪はパーマがとれかかっていて、ぱさついていた。

「それでねえ、どうやって警察まで連れていかれたのか、思い出せないんだよね。あんまりにもパニックだと人は忘れちゃうんだねえ。運のいいことに男の子はなんにも怪我《けが》なかったの、出血も骨折もなし。軽い打撲だったのかな。それでねえ……あっ、動いてきたね」

　薄紫の夜空に浮かぶ信号が青になり、前の車が走り出す。タクシーもさっきよりはまともな速度で走りはじめる。運転手は今までべらべら話していたことなど忘れたように何も言わない。

「それで？」

だから泰春は先を促した。その話の顚末《てんまつ》を聞きたかった。いや、詳細を。

「え？　ああ、さっきの。気がついたら警察にいたって話。結局なんにもなんなかったんだよね。お目こぼし受けたわけ、私はその男の子にさ」

「訴えられなかったってことですか」

「そうそう、そうなんだよ。警察の人に聞いたんだけども、その男の子を別室に呼んで、警察官が訊いたらしいんだよ、あんたをはねた運転手を、逮捕する？　しない？　って。そしたらその子、しないでいいって言ったんだってさ。その子がそう言ったから被害届は出されなかったし、被害届を出されないってことは、私の事故は人身事故じゃなくて、物損事故ってことになるわけよ。私、そのころ免許とりたてだったからそんなことも知らなかったんだけど。でも、逮捕しないでいいって、あんなちんこい子が言ったって聞いたとき、私、泣いちゃってさ」

泰春は運転手の後頭部から、窓の外に目を転じる。タクシーはちょうど目白通りに向けて左折するところだった。目白通りは空《す》いていて、タクシーはスピードを上げる。

あんたをはねた運転手を、逮捕する？　しない？　ではない。正確には、ボクに痛い思いをさせた人を、許す？　許さない？　と、まだ年若い婦人警官は訊いたのだ。いや、まさか。そんな偶然があるはずがない。似たような経験を持った人はいくらだっているだろう。泰春は流れ去る夜の光景を見つめて、思う。だってたしか、あのときの運転手はそんなに若くなかったのではないか。よく覚えてはいないが、中年女性だった気がする。だとすれば今ごろは七十、八十のおばあさんだろう。しかも、実家は二宮《にのみや》にある。この運転手もその当時二宮にいたなんて、そんな偶然があるはずがない、と泰春は考える。おそらく日本じゅうのどこかで不注意な運転手がちいさな子どもをはね、日本じゅうのどこかでちいさな子どもは警官に同じ質問をされているのだ。

「でも、よくドライバーになりましたね、そんな経験したことがあるのに」

泰春は言った。たまたま乗ったタクシーの運転手と、自分の経験の酷似にあまり驚かないのは、酔っているからだろうかと考えながら。

「こんな話すんのあれだけど、十年前に離婚しましてねえ。子どもはもう成人してたからよかったんだけど、自分は食べてかなきゃなんないでしょ。運転はね、嫌いじゃなかったの。そりゃあのとき、あの子どもが被害届出してたら、二度と車なんか乗らなかったろうけどね。そうじゃなかったから。前よりだいぶ慎重になったしねえ。おかげで無事故、無遅刻無欠勤」

「もしその子どもが被害届を出してたら、何か違いましたかね？」

「そりゃ違っただろうね、悪くすりゃ刑務所入ってたかもしれないし、即離婚だったろうし……ああ、でも結局離婚したんだからいっしょか。いやあ、でも違ったよね。あのとき離婚されてたら少なくとも子どもはいなかったもんねえ、私未《いま》だに感謝することあるもん。あのちんこい男の子にさ。逮捕しないでいいって言ってくれてありがとう。今日も無事故でありがとうって」キャハハッ、と、ひび割れた声とは不釣り合いな、不自然なほど若々しい笑い声をあげ、「そんで、お客さん、どこで曲がるんだっけ。駅を目指せばいいんだっけ」と、運転手はバックミラーで泰春を見て訊いた。

翌日曜、泰春は電話の音で起こされた。上半身を起こすと濡《ぬ》れた綿が詰まったように頭が重く、喉《のど》がからからに渇いている。ベッドから降り、冷蔵庫にたどり着くまでに呼び出し音は切れた。襖《ふすま》の開け放たれた和室を、カウンターキッチン越しに泰春は眺める。この数日冬美が帰ってきた形跡はない。閉められた窓の障子が白く光っている。ペットボトルの水をラッパ飲みしていると、再度電話が鳴りはじめる。泰春はカウンターに置いてある子機に手を伸ばした。

「あ、ヤッくん？」母親だった。「ヤッくん、お休みなのに家にいるのねえ、冬美さんは元気？　なんだか今年の冬はいつにも増して寒いわよねえ。それとも私が年をとっただけかしら」母親はいつもそうであるように前置きを長々と続ける。

「何？　どうかした？」ひどい二日酔いが声に出ないよう、泰春は慎重に言う。

「お正月にさあ、あなたがたこのところいっこうに帰ってこないけど、どうせ今度も帰ってこないんでしょ？」

「ああ、帰ろうとは思うんだけど年末年始ってけっこうやることがあってさ、思ったより休みは短いし」

「うんうん、いいのよう、べつに。それでねえ、あなたがたそっちにいるのなら、私、二、三日泊めてもらってもかまわないかしらね？　冬美さんがいやがるかしら」

「はあ？　なんで？　正月に外泊したことなんてないじゃない。何かこっちに用があるの」

「たまにはー、なんて思って。お節《せち》作ってお蕎麦《そば》用意して、お雑煮作ってなーんて、もういやになっちゃって」

「じゃあ作らなきゃいいじゃん」

「そういうわけにはいかないでしょうよ、お正月なんだから」

「でも親父《おやじ》はどうするわけ」

「べつに、赤ん坊じゃないんだからひとりでなんでもできるでしょうよ。最近のお正月はスーパーだってなんだって元日から営業してるんだしねえ。ねえ、だめかしらね」

　ははん、と泰春は胸の内でつぶやく。めずらしいことだが夫婦喧嘩《げんか》でもしたのだろう。けれど母親をこのマンションにこさせるわけにはいかなかった。冬美がここで暮らしていないことがばれてしまう。冬美に男がおり、離婚を迫られていることは母親に知られたくなかった。少なくとも今は、まだ。

「悪いんだけど、うちは無理だな。大晦日《おおみそか》から留守にするから」

「あら、どっかいくの」

「うん、温泉にいこうってことになってて」そう言ってみると、本当に冬美と温泉にいく予定があるような気になった。ほんの少し気持ちが華やいだことに泰春は傷つく。

「まあ、いいわねえ。けっこうやることがあるのに温泉はいけるのね。じゃあそっちでお留守番っていうのもだめ？」と母親は食い下がる。

「うーん、留守宅にあがってもらうのは冬美がいやがるだろうし。ほんと、悪いけど。それに親父が気の毒だから正月くらいいてやれよ」

「じゃあしょうがないわね、ホテルでもとるかな。年末年始ってホテルなんてもう満室かしらね？」

「さあどうだろう。悪い、ちょっとこれから出かけなきゃなんないんだ」母親の話を聞くのが面倒になってきた泰春はそう言い、ふと昨日のことを思い出し、「そういえばさ」と話を続けた。「おれ、昔、車にはねられたことあっただろ？」口にしてみると、昨日、タクシーの運転手に聞かされた話が、すべて夢だったように思えた。タクシーで眠りこみ、つかの間見た鮮明な夢。

「ああ、六つのときね。お習字にいくときよ。あのときは私パートで働いていたでしょ、電話がきて、目の前が真っ暗になったわよ、あんたがまるで死んじゃったみたいな言いかただったんだもの」

　昔の話をはじめると、近ごろ母の声は俄然《がぜん》生き生きとしはじめる。

「あのときの運転手って覚えてる？」

「覚えてるわよ。もしかしてあとから後遺症が出るかもしれないでしょ。住所も名前も聞いてあったし、それに、私あの日からずっと日記をつけたのよ。あんた、今もだけどちっちゃいころはなんていうか、愚図だったでしょ。小学校に上がってからますます鈍《どん》くさくなっちゃって」電話の向こうでくすくすと母は笑う。「何をするにも人の三倍は時間がかかって。私心配したんだもの、もしかしてあの事故でどっか打ち所が悪かったんじゃないか。もしそうだったらあの女を訴えてやるって、それで毎日あんたの様子を書き留めておいたの」

「その運転手って、若かった？」愚図、と言われたことにむっとしながら泰春は訊いた。

「年齢まではわかんないけど、若くはなかったわよ。三十は過ぎてたんじゃないの。どうしたの、もしかして何かあった？　でもたしか相手に賠償請求できる期間は三年だから、もう無理よ、今ごろ何か後遺症みたいなことがあるわけ？」

「ないよ、そうじゃないよ、そんなものはないよ。ふっと思い出したから、訊いてみただけだから。じゃあまた連絡する」

「何かあったらすぐ病院にいきなさいよ」

　わかったわかった、と返答してから泰春は子機を元に戻した。部屋は静まり返る。窓から陽がさしこんで、フローリングの床に変形した四角を描いている。ペットボトルの水を飲み干し、カウンターキッチン越しに、ぼんやりした頭で泰春はその四角を眺める。

十二月の二十六日が仕事納めの日だった。三時に業務が終わり、三時半から社長の挨拶《あいさつ》があり、四時からそれぞれの部に三五〇ミリリットルの缶ビールが配られ、社員たちは乾杯をする。泰春の所属する営業第二部は、毎年恒例の、有志による忘年会があったのだが、泰春はそれには参加しなかった。飲みはじめたらだれ彼かまわず、からむか愚痴るかしてしまいそうで不安だった。日がそろそろ暮れはじめる五時前に、泰春は帰りの電車に乗りこんだ。

年明けまでの正月休みに、何も予定はない。昨年までは、年内はだらだらと寝て過ごし、三十一日に冬美と部屋じゅうの掃除をするのが常だった。冬美は結婚してから毎年デパートにお節を注文していたので、二人でそれをとりにいき、その帰りに蕎麦屋に寄るのが恒例行事になっていた。今年は掃除をする気にもなれず、蕎麦を食べる気にもならない。ひたすら何もすることのない九日間を思うと、泰春は濡れた雑巾《ぞうきん》のような気分になった。

だれかいる、と気づいたのは玄関の戸を開けてからだ。いつもは暗い廊下の明かりがついている。玄関先に脱ぎ捨てられたハイヒールを見て、ああ冬美か、冬美が帰っているんだと気づく。咄嗟《とっさ》に出てきたのが「だれか」だったことを思い返し、冬美がここにいないことが日常となりつつあるのだと泰春は思い知らされる。しかしながら、もしかして冬美は、心を入れ替えて（男にふられて、こちらの暮らしの重要性に気づいて、夫への愛情に目覚めて）、それで帰ってきたのじゃないかとちらりと期待している自分もいて、そんな自分にげんなりしながら泰春は靴を脱ぎ部屋に上がる。廊下の先、仕切り戸のガラス窓からリビングの明かりが漏れている。戸に近づくにつれ鼓動が激しくなる。学芸会の本番に臨むため、舞台袖《そで》にいた子どものころのことをなぜかふいに思い出す。状況はまったく違うのに、鼓動が速くなる感じはあのときと似ていた。

謝られたらなんとする。今まで通り暮らそうと言われたらなんとする。いや、離婚届に早くサインをしてほしいと言われたらなんとする。もしかして男がいっしょにきていて、すごまれたらなんとする。

なんとするなんとする。心臓の早打ちと競《せ》るように口のなかでくり返しながら、泰春は思いきって仕切り戸を開けた。冬美は流し台の引き出しを開けて何かさがしていた。ドアの開いた音に冬美の体がびくりとこわばったのが見てとれた。冬美はふりかえって肩越しにじっと泰春を見る。ねめつけるような目つきで。

「よう」笑わないよう、卑屈にならないよう、でも険悪にならないよう、注意して泰春は言う。

「ねえヤッくん、お願いだからそれ、書いてくれる。今日じゅうに。そのために今日はきたの」

冬美は早口で言って、指さすようにダイニングテーブルを一瞥《いちべつ》する。封筒がのっている。泰春はテーブルに近づいて封筒の中身を確認した。予想通り離婚届が入っている。書き損じ用なのか、それとも泰春が破り捨てることを想定したのか、数えてみると離婚届は五枚も入っていた。その五枚すべてに、冬美の名と、証人の名がすでに入り、捺印《なついん》されていた。謝られたらなんとする、という自分の推測に、泰春は深く恥じ入る。

「おれ、知ってるんだよ、本当の理由」五枚重ねられた用紙を封筒に戻しながら、泰春は言った。「おれたちの結婚がどうの、意味がどうのってそういう話じゃないんだろう。きみの勝手な事情なんだろう。事情っていうか情事っていうか」自分の震え声が耳に届き、何を緊張しているんだと泰春は己を叱咤《しった》する。緊張するのはおれじゃなくて冬美だろう。泰然としていればいいんだ。泰然と、この身勝手な女に思い知らせてやればいいんだ、そんなになんでも思い通りいくと思うなと。

「なら」肩越しに泰春を見つめたまま、泰春よりよほど落ち着き払った声で冬美は言った。「そんならもういいでしょう。もう離婚してくれたらいいでしょう」

「勝手なことばかり言うな」耳に届く自分の声はますますみっともなく震えている。

「どうしても書いてくれないの」自分を見つめる冬美の目に、軽蔑《けいべつ》が浮かんだような気がして泰春はひるむ。間違ったことをしているのはこの女であって、自分ではないと、わざわざ言葉にして自分に言い聞かせなければならなかった。

「きみからも相手からも慰謝料をもらう」言ってから、そのせりふの幼稚さに泰春は髪をかきむしりたくなる。

「そうすりゃあいいじゃない。それですむのならそうすればいいじゃないの」そう言う冬美が、ふ、と笑った気がして、かっとした泰春はテーブルにのった封筒をつかみ、二つに引き裂く。五枚重なった用紙は思いの外破りづらかった。どうしてやろうかと考えた、喫茶店での高揚を泰春は思い出すが、けれどどうしていいのかわからなかった。言葉のかぎりを尽くして目の前の女を罵倒《ばとう》してやりたかったけれど、適当な言葉も思いつかなかった。泰春は彼女に背を向け、リビングを出、すさまじい音をたてて仕切り戸を閉め、寝室にこもった。朝起きたままの乱れたベッドに横たわり、暗闇に浮かび上がる天井をにらみつける。

　勝手なことをしでかして、反省するどころか勝手なことをほざいている冬美をこらしめるには、断固として離婚しないことしか思い浮かばない。そうだ離婚してやらなければいいのだ、冬美がここに帰ってこなくともかまわない、離婚届に記入することを拒否し続ければ、身勝手な恋人同士はいつまでも道ならぬ仲なのだ。そうだ、そうするしかない。そこまで考えて泰春はぞっとする。自分たちの関係の中身が、かつては恋や愛だったはずのそれが、すっかり憎しみに変色し尽くしてしまっており、なのに自分はそれをなおも続行させようとしている、と気づいて、ぞっとする。

ほんの少しうとうとしただけのつもりだったが、目を開けると、カーテンの合わせ目が白く光っている。天井をにらんで考え事をしているうち、深く眠ってしまったらしい。泰春は上半身を起こし、昨日から着たままのスーツを見下ろす。ひどく空腹だった。ベッドから降り、リビングへ向かう。おそるおそるドアを開けると冬美の姿はなかった。カーテンが開いたままの窓の向こうに、嫌みなほど澄んだ青空が広がっている。冬美がそこにいないことは一目見ればわかるのに、泰春は隅々まで部屋を眺め渡して、冬美はいない、とわざわざ思った。安心と落胆が矛盾せず気持ちのなかにあった。

台所にいき、ペットボトルの水をラッパ飲みし、洗面所にいき、スーツを脱いでシャワーを浴びた。トレーナーとジーンズに着替え、戸棚から買い置きしてあるカップラーメンを取りだし、湯を沸かして作り、容器を持ってダイニングテーブルにつくと、昨日見たものと同じ封筒が置いてあった。中身を確認すると、昨日とまったく同じように記入済みの離婚届が数枚入っていた。昨日二つに引き裂いたのは夢だったのだろうかと泰春は一瞬本気で思ったが、数えてみると用紙は三枚で、ということは、冬美は何枚もそれを持っているらしい。泰春はため息をつき、記入された離婚届を眺めてカップラーメンを食べはじめる。汁が飛んで用紙が汚れたがかまわなかった。ラーメンを食べ終え、テレビをつけるためにリビングを横切ったとき、泰春はそれを見つけた。

最初、それがなんであるのか泰春にはわからなかった。ティッシュや丸められた封筒が捨てられたゴミ箱のいちばん上に捨ててあるもの。視界をかすめたそれは、ゴミのくせに何か異様な存在感があり、泰春はわざわざゴミ箱をのぞきこんで、拾い上げた。拾い上げてすら、それが何であるのかしばらくわからなかった。

それが何であるのかわかったとき、体じゅうで発火したように全身が熱くなった。体温計のようなそれは、妊娠判定薬だった。遠い昔のように感じられる学生時代、恋人に頼まれて買いにいったことを思い出す。体温計のような棒の先に丸い枠があり、そこに結果が出ることも続けて思い出す。けれど、その丸い枠に青い一本線が浮かんでいるのは、陽性だったか陰性だったか、いや、妊娠していることを陽性というのだったか陰性というのだったかも、思い出せない。泰春はしゃがみこみ、ゴミ箱をあさって説明書をさがす。耳がそのままもげてしまうのではないかと思うほど熱い。ゴミ箱に、説明書も空箱も入っていた。広げて読んでいるとこめかみをぬるりとした汗が伝う。青い線は陽性であり、陽性はすなわち妊娠であった。

泰春はしゃがみこんだまま、青い線の浮かび上がった白い棒を思いきり壁に投げつけ、驚くほど熱い顔を両手で強くこすった。冬美はこれをわざと見つかるように捨てていったのだと思うと、そうしたくないのに涙がこみあげてきた。おれがいったい何をしたんだよう。手のひらで顔をおさえて泰春は唸《うな》るように言った。こんな仕打ちをされるべき、どんなひどいことをおれがしたっていうんだよう。順風満帆だと、おれは思っていたんだぞ。そっちが勝手にべつの男に惚《ほ》れただけだろう。おれがきみにひどい仕打ちをするならわかるけど、なんでおれがこんな目にあわなきゃいけないんだよう。顔を両手で覆《おお》って泰春は子どものように嗚咽《おえつ》する。そうしたくないのに止めることができない。嗚咽しながら、考える。おれは冬美に嫌われるような何をしたんだろう。話を上の空で聞いた？　誕生日を忘れた？　約束を反故《ほご》にした？　連絡も入れず残業する日が続いた？　家事を怠けた？　ゴミ出しを忘れた？　やさしい言葉をかけなかった？　つなごうと差し出された手をふり払った？　嘘《うそ》をついた？　どれもやった覚えがあり、同時にどれも明確にはやった覚えはなかった。でも、と、嗚咽を漏らしながら泰春は考える。そのぜんぶを合わせたって、こんな目に遭わされるほどひどくはないじゃないか、と。

コンビニエンスストアに食料を調達しにいく以外、泰春は年末年始をほとんど家から出ずに過ごした。冬美からの連絡はなかった。冬美が置いていった離婚届は、破られず、ラーメンの染《し》みをつけたままテーブルに放置してある。弁当やサンドイッチやカップ焼きそばといった食事をするたび、泰春はそれを眺めた。ときどきさらに染みが飛んで薄い用紙は汚れた。

年が明けて三日、突然母親がきた。共同玄関のインターホンから母親の声が聞こえてきたとき、驚きのあまり泰春は絶句し、「ちょっと、開けてくれないわけ?」と母にせっつかれて、あわててオートロックを解除した。母親がエレベーターで六階まで上がってくるあいだに、泰春は離婚届を隠し、流しに山積みにしてある弁当の空き箱やインスタント食品の空き容器をゴミ袋に突っ込んだ。掃除機まではむろん間に合わなかった。

「ああよかった。お留守だったら帰ろうと思って、ダメモトできてみたの。温泉から帰ったのね」

玄関先で母親は言った。両手にデパートの紙袋を抱えている。

「ああ、昨日帰った。っていうか、くるならくるで、連絡くらいしてくれよ」

「連絡したらくるなって言うじゃない。スリッパないの？」

泰春が置いたスリッパに足を通し、母親は勝手にリビングへと向かう。

「あら、冬美さんはいないのね」

「ああ、同窓会だって。地元で」埃《ほこり》のボールが随所にある、片づいているとはとてもいえない部屋が嘘を暴《あば》くのではないかと、泰春は悪さをした子どものころのようにびくびくする。

「温泉から帰ったばかりなら、冷蔵庫になんにもないんじゃないかと思っていろいろ買ってきたの。冷蔵庫ちょっと開けるわね」

母親は台所に入り、冷蔵庫を開け、「あらー、本当に空っぽ」と泰春には華やいで聞こえる声をあげ、デパートの紙袋から取りだした品物を次々と入れていく。

「なんだよ、本当にホテルに泊まってたわけ？　親父を置いて？　大晦日から？」

床に散らばった新聞やCDケースや、とりこんだままの洗濯物をかき集めながら泰春は訊いた。

「ううん、ホテルは一泊。昨日だけ。東京駅のね、すーばらしいホテルを奮発したの。おとうさんには内緒。あんたのとこに泊めてもらうって言ってあるから。お蕎麦もお節もちゃんと用意したから安心しなさいな」

「喧嘩でもしたわけ、親父と」

「そんなことはないんだけどさあ」冷蔵庫を閉め、カウンターキッチン越しに部屋をぐるりと見遣り、「それにしてもなんか汚い部屋ねえ、まあ、お留守にしてたんだからしかたないけど」母親は顔をしかめた。

夕飯を作ると言い張る母親を、なんとか説得して泰春は外に連れだした。夕飯を作られたら夜まで居座られ、母は泊まると言いだすだろう。明日になったら朝食を作り、掃除をし、冬美さんが帰るまでいると言いだすだろう。そんなわけにはいかなかった。食事を終えたらそのまま駅まで送り、帰らせるつもりで泰春は母を外に連れだしたのだった。

駅の近くにいっても、新年三日に開いている店は、チェーンの居酒屋かファミリーレストランしかなかった。こんなところじゃ嫌だと言うだろうかとおそるおそる焼鳥屋に誘うと、存外うれしそうに母は「あら、いいじゃない」と目を見開いた。

母親と、歌謡曲の流れる焼鳥屋のカウンターに座っているのは、泰春にとってシュールではあった。母親がジョッキのビールをごくふつうに飲むのを横目で見て、意外な気持ちにとらわれもした。

「こういうお店にくるのは四十年ぶりじゃないかしら」とつぶやく母親は、取扱説明書を読むかのごとく真剣に、長い時間かけて隅々までメニュウを眺め、挙げ句、「よくわからないからヤッくん頼んでちょうだいよ」と、甘えたような声を出した。

「それで、喧嘩じゃないなら何があったの、お節も結局作ったんだろ、だったらべつに、ホテルなんかとらなくたってよかったじゃないか。羽のばしたいとかそういうこと？　親父と一日ずーっといるのが嫌になったとか？」

何があったのか知りたいという気持ちより、自分が何か質問されるのがこわくて、泰春は矢継ぎ早に母に訊いた。カウンターには泰春と母の二人だけだったが、奥の座敷席はほとんど埋まっていた。若い客が多かった。ときどき、打ち上げ花火みたいに派手な笑い声が上がり、そのたび母は振り返ってそちらを見ている。

「何かねえ、私、もっとべつの人生があったのかしらんって思ったのね、お正月にお節もお雑煮も作らないような人生が」

焼鳥の盛り合わせとトマト、モツの煮込みと湯豆腐が運ばれてきて、「意外においしい」「へんなにおいがする」「切っただけなのに料理ぶって」などと箸《はし》をつけてはひととおり感想を言い、一杯目のビールを飲み干したあたりで、母はようやく、新年早々外泊という（泰春にしてみれば）奇行の理由を話しはじめた。

「喧嘩もしてないし、おとうさんのこと、そりゃ頭にくることもあるし、シルバーセンターの仕事やめてからずっと家にいるもんだから苛々するけどね、そういうこととはべつに、ふっと、本当にふっと、べつの人生があったのかな、なんてそんなことを思ったの。それで、毎年くり返してることと違うことをしてみたくなったのよ。ねえ、ヤッくん、ビールじゃなくてもっとおなかにたまらないようなもの、頼んでくれない」

「帰れるの、そんなに飲んで」

「やあねえ、帰そう帰そうとして。そんなに言うなら帰るからだいじょうぶですよ。ああ、あったかいお酒がいい。あったかいお酒」

母が言うので泰春は熱燗《あつかん》を追加注文する。泰春が酌をしようとすると母は笑って止め、手酌でお猪口《ちょこ》についだ。すするように飲んで、皿に残ったつくねを食べ、「粗挽《あらび》きでおいしい」と感想を漏らし、「こういうところに、冬美さんといっしょにくるの？」と訊く。

「ああ、たまには」泰春は答える。この二年ほどはいっしょに飲みにいくことなどほとんどなかった。今のマンションに引っ越した当初は、ものめずらしさも手伝って、週末になるとにぎやかな駅前の居酒屋へ出かけたことを思い出す。どんな店で何を食べ、何を話したか思い出すより先に、しかし年末に見た妊娠判定薬が思い出され、泰春は不快な気分になる。

「子どもは作る気、ないの？　やっぱり」

「まあ、今、おたがい忙しいから」おざなりを言って泰春は酎《ちゅう》ハイを頼み、「それで、違うことしたくなってホテルに泊まったわけ？　親父に嘘ついて？」話題を変えるべく話を元に戻した。

「嘘、ってそんな大仰な。自分のへそくりでひとりで泊まったんだもん、いいのよたまには」

母親はメニュウを広げ、また熱心に眺めだす。

「それで、気がすんだの」

泰春が訊くと、メニュウに目を向けたまま母はふふふ、とどことなく芝居じみて聞こえる笑いを漏らし、

「私ねえ、おとうさんと結婚しない可能性もあったの。しかも充分にあったの」と、上目遣いで泰春を見て言った。

「ええ、なんだよそれ」上目遣いに自分を見る母、というものを見たことのない泰春は、少々ぞっとして、ぞんざいな口調になった。

「私たちお見合い結婚だけどもね、お見合いのあと、正式なお返事をする前に幾度か会うでしょう。あれは二度目だったか、三度目だったか、銀座で待ち合わせしたのよね。銀座っておとうさんが指定したの。へえ、この人、銀座なんて知ってるんだって感心して出かけたのよね、うんとおめかししてさ。待ち合わせ場所で落ち合って、知ってる店があるっておとうさんは歩き出して、私、あとをついてったんだけど、すたこらすたこら、歩くのよ。こっちは慣れない高い靴で、どんどん距離が開いて、人混みにおとうさんの背中が遠ざかって、なのにおとうさんったら振り向きもせず、こっちのこと気にかけるふうもなく、すたこらすたこら、いくのよねえ」

　母の口調はいつのまにか間延びした、あまやかなものになっている。上目遣いにも慣れていないが、そんな母の声音にも慣れていない泰春は、とたんに居心地悪くなり、目の前のモツ煮を掻《か》きこむようにして食べる。唐辛子が喉にひっかかってむせるが、母はかまわず話し続ける。

「このまま帰っちゃおうかってそのとき思ったの。だって、ずいぶんひどい人じゃない。勝手に歩いてっちゃうなんて。そんな人と結婚したってつまらない、きっと毎日こんな感じだって思ったの。この人は家庭も顧みないだろうし、思いやりもないんだろうなって。そしたらね、そのときね、声、かけられたのよ、私。お茶飲みませんかって。それがへんな男じゃないのよ、どっちかっていえば男前だったし紳士的だった、少なくともおとうさんよりはね。背だってうんと高かったし、ぱりっとしたスーツを着てた。いっちゃおうかなって、私、思ったの。だって足は痛むわおとうさんの後ろ姿はもう見えないわ、だもの。それで、ええ、そうねって答えようと口を開いたのに、出てきた言葉は、『連れがいますんで』」母はここでひとり背をのけぞらせて笑い、また手酌でお猪口を満たした。

「それで馬鹿みたいに、足、痛いのに必死に歩いておとうさんの背中をさがしてね」

奥の座席にいた若者のグループから、またしても笑い声があがる。幾度も彼らを振り返っていた母は彼らを見ることなく、言葉を続ける。

「そのあと、私、幾度も幾度もその日のこと、思い出したのよねえ。ほら、何かあったり、何かって喧嘩じゃないんだけど、こう、おもしろくないときもあるじゃない。相手の言葉にむっとしたり、うまくいかなかったりすることが。そういうときにさあ、ああ、あのとき、なんで追いかけちゃったんだろってよく思った。あれ、岐路だったのよ、私の。あのとき追いかけなければ、ぜんぜん違う人生だったなあって。あんたがちいさいころは、そんなことよく考えてた。昔はお金もなかったし、おとうさんも忙しかったし、生活もたいへんだったから。それでね、そのときのこと、ふっと思い出したのよね、この暮れに。ああ、あのとき追っていかなければ、私の人生、ぜんぜん違ったんじゃないかって、また思っちゃったってわけなのよう」

母は最後は笑いだし、ばんと泰春の背を叩いた。酔っているらしかった。

母の話を聞きながら、そんなの岐路でもなんでもないと泰春は思っていた。口に出しそうにすらなった。母のような、見合いをして知り合った父親しか男性を知らず、そのまま家庭におさまって、社会といえばほんの数年パートに出ていた菓子工場しか知らない、ひとりでは異国はおろか東京だっていけなかった女性にとっては、そんなささやかな記憶が、人生の重大な岐路のように思えるのかもしれないが、でも、そんなの岐路じゃない。その後の結婚相手となる男を追いかけなくたって、二度と会えなかったわけではないだろうし、ナンパをしてきた男に、いかなる理由があろうとついていくような母ではない。そんなことをさも重要そうに言う母親が、選択権などなかったのにあったかのように言う隣の女性が、泰春にはかわいくもあったし、気の毒でもあった。

「お茶」飲んでたらそのナンパ男と結婚してたかな、と、冗談めかして言おうとして、泰春は言葉を飲みこんだ。

許す。そう言った、自分の幼い声を、泰春は耳元でたった今聞いたように思い出した。許す。たしかに自分はそう言った。

習字教室にいくところだった。信号が青にかわったのを確認して走り出した。駐車していたトラックの向こうから白い乗用車が走りこんできて、あ、と思ったときには宙に浮いていた。そのときのことを今でもはっきり思い出すことができる。道路に叩きつけられた。声も出ないくらい痛かった。大人たちがいっせいに駆け寄ってきた。救急車、とだれかが叫び、ボク、だいじょうぶ？　とだれかが叫び、揺すっちゃだめ、とだれかが叫び、その叫び声がいちいち体を叩くように響くので、うるさいよ、と思った。救急車のなかで、はじめて救急車に乗った、と思った。体じゅうが痛かった。死ぬのかな、と思った。大声で泣きたいのに、あまりの痛みのために泣くこともできなかった。

そのあとのことは覚えていないから、気を失ったのだろう。次の記憶は病院である。母親がものすごい形相でベッドに眠る自分のことを見下ろしているのを、泰春は覚えている。怒られる、と思ったが母は怒っているのではなかった。泣くのをこらえているのだった。骨折はなく外傷もなく、打ち身だけだという説明を、白い四角い部屋で母親と受けた。それから母親と警察署にいった。壁がグレイの、病院と同じように素っ気ない部屋で、たぶん母より若い婦人警官がやわらかい声音で訊《き》いた。あのねボク、ボクに痛い思いをさせた人を、許す？　許さない？

だれかの運転する車にはねられたのだということを、泰春は理解していた。自分が悪いのではなく、そのだれかが悪いことも。だって、信号は青だった。でも、そのだれかがどうなるのかはよくはわかっていなかった。自分の答えによって、そのだれかがどうなるのかも想像すらしなかった。だからただ、考えた。許すのか、許さないのか。

許す。

と、泰春は答えた。それ以外に答えが思い当たらなかった。許さない、と言ったって、もう痛い思いはしてしまったのだし、その痛みはほとんど消えかけていた。それに、許さないと言うことはこわかった。なぜかわからない、そのときの泰春に言葉にはできなかったけれど、でも、だれかを許さないと決めることはひどくおそろしかった。許さないと言ってしまえばずっと許さないことになる、そのだれかもまた、ずっと許されないことになる、そんな重苦しいものを背負って自分もだれかも生きていくことになる。そんなのはいやだ、と、大人になった今言葉にすればそんなようなことを、六歳の泰春はたしかに思ったのだった。

本当？　いいの？　婦人警官は真顔で訊いた。

うん、許す。泰春は笑って言った。笑ったのは、自分をまっすぐに見る婦人警官がきれいだったからだ。

そっか、許すのね。えらいね、ボクは。婦人警官もにっこりと笑い、やっぱり許すって言ってよかったと泰春は思った。だってこのおねえさんが笑ってくれたから。帰り道、「本当にヤッくんって外面《そとづら》がいいんだから。いいの？　許すなんて言って」と、母は苛立たしげに言ったのだが、泰春は間違ったことを口にしたとはついぞ思わなかった。

「お茶？　お茶飲む？」母がのぞきこんでいることに泰春は気づく。

「ああ、そうじゃないよ。そうじゃない。もっと何か食べる？」メニュウを握りしめたままの母に訊く。

「ううん、もういいわ。私はお茶、ほしい」

「すみません、お茶、もらえますか、あったかいの」カウンター越しに泰春は声をかける。

あのとき、許さないと言っていたらどうなっていたんだろうと、背後でおきる笑い声を聞くともなく聞きながら泰春は考える。あのタクシーの運転手が、偶然にも自分をはねたドライバーとは言い切れないけれど、でももし彼女だったとして、「許さない」は彼女の何を変えただろうか。あるいはタクシー運転手じゃなかったとして、今どこかで暮らしているだろうその人の、何を変えただろうか。あのとき許さないと答えていたら、では自分は、今の自分と違っただろうか。もっと強い男になっていただろうか。たとえば——妻の恋人に殴りこみをかけられるような、引きずってでも妻を家に連れ戻せるような、どんな手を使っても妻とその恋人を別れさせられるような、「許さない」ことを全身で表明できる男になっていただろうか。

あるいはこれも、母親の語るちっぽけな記憶と同じ、岐路になどなり得ないささやかな通過点にすぎないのだろうか。

許す、と言った幼い自分を、泰春は思い出そうとする。許さないことはこわい、と、言葉ではなく感覚で思った自分を、その感覚自体を、思い出そうとつとめる。あのころの自分にとって、許さないより許すことのほうがはるかにかんたんだった。そのかんたんさを、泰春は必死でたぐり寄せようとする。

「さあて、帰るかな。あんまり遅いと、おとうさん心配するし」湯飲みを両手で包んで茶を飲み、母が言う。「冬美さん、今日は泊まりなんでしょ？」

「あのねかあさん、おれたち、別れることになったんだよ」思いきって口に出したつもりだったが、実際はさほど思いきらずとも、言えた。

「ええっ」母は眉間《みけん》にしわを寄せる。「なあに、急に」

「いろいろうまくいかないことがあってね、おれも至らなかったし」

焼売《シュウマイ》の入った弁当、笑いながら話しかける顔、油と汁で汚れた用紙、絡《から》めた指の冷たさ、霹靂《へきれき》という思い浮かばない漢字、冷蔵庫に貼《は》りつけられた何かのレシピ、探偵事務所から受け取った報告書の仰々しい革表紙、うっすらと口を開けた寝顔、どこにでも持ち歩いている携帯電話入りの鞄《かばん》、スーパーで野菜を吟味する真剣な目、ゴミ箱に捨てられた体温計によく似た棒、ずっといっしょにいようとささやいた声、棒の丸い枠に浮かぶ青い線、肩越しににらみつける険しい目。

許す。まだ声変わりしていない自分の声を、泰春は頭のなかで再生させる。うん、許す。

「だってそんな急に……なんでそんな……」母は泰春を見て言葉をさがしていたが、ふと顔を逸《そ》らし、湯飲みに口をつけ、音をたてて茶をすすり、「まあ、いろいろあるわよね」と、話を切り上げるように言った。「ここはあんたおごって。お年玉がわりに」

泰春は勘定書を手にしてレジにいき、店員に紙幣を渡す。母に続いて店の外に出ると、今までまとわりついていた焼鳥くさい熱気が、一瞬にして消えるほど空気が冷たい。

「泊まってってもいいけど」隣を歩く母に泰春は言ってみたが、

「まだそんなに遅くないもの、帰るわよ。おとうさん、心配だし」母は白い息を吐きながら言う。

帰るのか。泰春は薄く笑った。自身にとって岐路となった銀座の道を幾度も思い返すのに、そうすることでそこに立ち戻るのに、でもきっとこの人は、見えなくなった背中を追うことを選ぶのだ、何回も何回も選ぶのだと、自分の知らない部分を持つ母を思う。もしかして自分も、この先何度でも、なじみのない素っ気ない部屋に座って答えるのかもしれない、許すと。そのことの意味がわかっても、そのことの耐え難さがわかっても。

改札で母と別れ、ホームへと向かうちいさな後ろ姿を見送ってから、泰春は駅をあとにする。何軒かの飲み屋やコンビニエンスストアが営業しているが、ふだんよりずっと暗く、人の姿もまばらだった。ジャンパーのポケットに手を突っ込んで、マフラーに顔を埋めるようにして泰春は歩く。何気なく空を見遣《みや》ると、いつもより星が多いような気がした。空の隅に石鹸《せっけん》みたいなかたちの月が浮かんでいる。輪郭はくっきりしているのに、やっぱり笑っているように見えた。泰春を、ではなく、泰春に。

帰ったら、いちばん染みの少ない用紙を選んで必要事項を記入して、明日、冬美に電話をするんだ、どこに送ればいいのか訊くんだ、もし冬美が電話を切らずにいてくれたら、いい子を産めよと言ってやるんだ、がんばれよと言ってやるんだ、それはもう一点の曇りもない気持ちでそう言ってやるんだと、ちいさな子どもに言い聞かせるように、泰春は胸の内でくり返す。立ち止まってもう一度空を見上げると、いつもより少しだけ多い星が、うんうんとうなずくようにちらちらと光っている。習字セットを持ったちいさな子どもを泰春は思い浮かべる。その子どもも星の光のようにちらちら笑いながら、うんうんとうなずいている。

ことも なし

別れた恋人が別れたのちに不幸になっていてほしいか、幸福になっていてほしいかと、二ノ宮聡子《さとこ》はかつて石田まるみと話したことがある。そんなのもっちろん不幸に決まってるでしょう、私だったら呪《のろ》うくらいする、不幸になれェ不幸になれェって。と、まるみは言葉には不釣り合いなすがすがしい笑顔で答え、聡子は自分が男でなくてよかったと思った。男で、まるみの恋人だったら、そんなふうに呪われるのだ。私にはそんな気概も根性もないな、とそのとき聡子は言った。何よ、相手の不幸を願うのに気概や根性が必要なわけ？　とまるみは訊《き》き、そうよ、だってそうじゃない。私だったら別れた時点で気概も根性も失って、相手への興味も失って、不幸でもしあわせでもどっちでもいいやと思う、どっちでもいいから二度と顔を見せるなと思うな、と、たしか答えた。まあ、きれいごと言っちゃって。とまるみは言ったが、聡子はきれいごとを言っているつもりはなく、実際にそうだったのだ。そして同時に、口には出さなかったが、不幸になれと呪うとはっきり言うまるみのような人間のほうが、健全でさっぱりしているのではないかと思った。呪いが相手にききはじめるより先に、そいつのことなどきっと忘れてしまうに違いないのだ。

そんなふうに話していたのは八年も前のことになる。

けれど聡子はそのときの話が忘れられないばかりか、年々思い出す頻度が増えている。最近は思うのである。あのときの言葉の半分は当たっていたけれど、半分ははずれていたな、と、実証結果として。もちろん八年目の実証結果なので、十年目の実証結果はまた異なるのかもしれないが。ともかくそんな話をしたくて、まるみにメールを書くと、
何それ。ぜんぜん覚えてないんだけど。それよりたまにはランチしない？　出てこられそうなときがあったら教えてよ。

という返信がきた。やっぱり、まるみは忘れてしまうのだ。一瞬だけ強く呪って、次の瞬間には呪ったことばかりか、だれを呪ったのかも忘れてしまうのだろう。自分よりよほど、健全でさっぱりしている、と思いながら、都心に出向けそうな日にちを何日か挙げ、聡子は返信した。

返信を終えると、カメラとパソコンをつないで写真を取りこむ。画面にずらりあら

われる写真を、一枚一枚確認していく。いちばん見栄《みば》えのいいものを選び、マウスをクリックする。それから文章を打ちこむ。

昨夜はうんと冷えたので、里芋と鶏肉《とりにく》のシチュウにしました。レシピはこちら。牛乳ではなく、豆乳を使うのが我が家風。くれぐれもぐらぐら沸騰《ふっとう》させないように。あとはほうれん草のごまよごし、お豆のサラダ、蓮根《れんこん》グリル、牛蒡《ごぼう》とじゃこの炊《た》き込みごはん。

最近お料理に興味を持ったユナは、お手伝いするといってずっと隣にはりついています。里芋剝《む》きは難易度が高いので、にんじんを切って、お星さまの型で型抜きしてもらいました☆型抜きあとのにんじんは、明日のパパのお弁当用にほんのり甘く煮付けます。白ワインでお夕食をはじめたパパは、炊き込みごはんがおいしいとぱくぱく食べてくれて、おかげで残ったワインはピヨがいただきました♡

何も嘘《うそ》を書いていないのに、文章を打ちこむと聡子は毎回うっすらした罪悪感を覚える。それがなぜなのか、聡子は深く考えない。もともと何かを深く考えるたちではないが、ことさら、それに関しては「考えてはいけない」というような予感めいたものがある。

マウスをクリックして日記をアップする。自分のブログが今日は何位か確認し、上位十人ほどの日記をざっと眺める。ブザー音が鳴り響き、聡子はあわてて立ち上がり、脱衣所にいく。脱衣所わきの洗濯機から、洗濯物をひっぱりだす。

「ピヨの　今日も天下太平」は五年前、娘の悠菜《ゆうな》が二歳のときにはじめたブログである。ピヨというのは聡子が小学生のとき、親戚《しんせき》がおもに用いていたあだ名である。ピヨは三十九歳主婦、娘ユナと会社員のパパと暮らしている。趣味は料理と洋服のリフォームで、リフォームのほうは最近、趣味が高じて仕事となり、子どもの通学用バッグやお弁当袋、着物から洋服へのリフォームなどを請け負っている、とプロフィールには書いている。

　実際は洋裁の仕事をしているのは八王子に住む聡子の母親である。だから、ときたまブログにのせる「作品」は、すべて母親の作ったものだ。週に三日、ファミリーレストランでアルバイトをしていることは書いていない。けれど年齢は偽っていないし、アップする食事の写真も実際に作ったり、外食した際のものである。五年前は、こうした日記を書いている人はあまりいなかったように聡子は記憶しているが、今ではだれもがやっているのではないかと思うくらい、多い。聡子が使っている無料ブログサイトでは人気投票があり、聡子のブログは総合ランキングでは四百番前後だが、「レシピ・グルメ　一般」ではだいたい五十番前後である。以前はもっと下だったが、更新の回数を多くしたらいきなりランクアップしたのだった。最高では二十三番までいったことがある。五十番前後、というのはなかなか人気があることを意味する。こまめな更新と、見栄えのする写真、独自のレシピ公開が人気の秘訣《ひけつ》だと聡子は思っている。

人気が出ると、ごくまれにだが悪意あるコメントがつくこともある。料理激まずそう、とか、文キモイ、馬鹿《ばか》？　とか、だんなアル中じゃねえの？　ちゃんと勃《た》つの？とか、必死な感じがイタイ、とか。けれどそういう悪意あるコメントは、聡子を滅入《めい》らせるどころか俄然《がぜん》やる気にさせる。見知らぬだれかが単なる主婦に悪意を抱くほど、私の日々というのは充実し、幸福なのだなと実感することができるからだ。

洗濯物を干し、時計を見ると十一時を過ぎている。昼ごはんの写真は撮らないので、冷蔵庫の余りものでかんたんな昼食にし、ラジオをつけておやつ作りに取りかかる。さつまいもをふかしてつぶし、粉チーズとバターを混ぜる。ラジオでは、聞き慣れた声がさほど意味のないことをしゃべっている。開け放った窓から冷たい風が入る。レースのカーテンの向こうに、雲のない澄んだ空が広がっている。聡子はふと顔を上げて、リビングに視線をさまよわせる。ラジオからは音楽が流れている。聴いたことのない男の歌声が、恋の歌をうたっている。届かない恋、というフレーズが、すとんと聡子の内側にすべりこむ。届かない恋、かなわない思い、と、甘ったるい声はくりかえしうたう。聡子はにやりと笑ってため息をつき、おやつ作りに戻る。

恋か。恋ねえ。知らずあまやかな気持ちになっている自分を茶化すように、聡子はつぶやく。歌は終わり、聞き慣れた声がまた、しゃべりはじめる。

八年前、まるみと交わした言葉の、半分は当たっていると思う半分とは、呪うとはっきり言うまるみのほうが、ずっと健やかでさっぱりした人間だ、ということで、半分ははずれているというのは、自分は相手の不幸など望む気概も根性もない、ということだ。つまり、聡子は八年前に別れた恋人が、できれば自分より不幸であってほしいと未《いま》だに、いや、年々強く、思うようになったのである。そのことに、聡子自身が驚いてしまうのだが。だって、相手の顔ももうぼんやりとしか思い出せないのだ。

悠菜が学校から帰ってきて、テーブルにのったおやつに手をのばす。

「だめ！　手を洗ってきて。うがいもしなさい。ちゃんと手は石鹼《せっけん》で洗うのよ」そう言って悠菜を追い払ってから、おやつの写真を撮る。いろんな角度から、十枚ほど。

音楽の時間に習った歌、幼稚園からいっしょの悪ガキ、将太が先生に怒られたこと、給食のメニュウとまずかったもの、通学班がいっしょのサリナちゃんが気持ち悪くなって保健室にいくまでの顚末《てんまつ》、など、あちこちに飛ぶ話に相づちを打ちながら、聡子はさつまいものおやつをともに食べる。私ねえ、二ノ宮さんのブログの、おからクッキー真似《まね》して作ったのよ、とサリナママが言ってくれたことを聡子は思い出す。ブログを書いていることを、悠菜の同級生ママたちには内緒にしているが、サリナママとモモカママには言ってある。そんなふうに、レシピを参考にしたと言われることが聡子は何よりうれしい。

おやつの後かたづけをして、自転車に悠菜をのせ、水泳教室に連れていく。着替えさせてプールへと送り、見学者用のスペースでほかの母親たちとともに聡子は泳ぐ悠菜を見つめる。悠菜は最近ようやく水に顔をつけられるようになった。ビート板を持ち、水のなかをたゆたうようにゆっくり進んでいくちいさな姿を見ていると、聡子は泣きたいような気分になる。母性というのは、抱きしめたいとか、頬ずりしたいとか、嚙《か》みつきたいとか、そういう気分ではなくて、この、泣きたいような気分のことを言うのではないかと聡子は思うことがある。そのほかのことにはかわいいからという理由があるが、泣きたいという気分の理由だけはわからないからだ。母性は、聡子には未だわからない分野のものである。

昨日は洋風にシチュウだったので今日は和でいきます。けんちん汁と黒むつの煮つけ、大根と鶏団子のあっさり煮、アボカドとゆで卵のサラダ。ユナは大根と、けんちん汁のにんじんを切ってくれました☆将来、すてきな奥さんになれるかしら？　パパは熱燗《あつかん》が飲みたいというので、急きょ、じゃが芋といかの塩からでパパ用おつまみ作りました。レシピはこちら。

　文面を考えながら、夕飯の支度をする。大根を輪切りにしたところで飽きたらしい悠菜は、テレビでアニメ番組を見ている。鶏団子と大根煮の鍋《なべ》を開けると、大根がやけに茶色い。醬油《しょうゆ》の量はいつもと同じだから、もう古くなってしまっていたか。聡子は何か考えるより先に野菜室のドアを開け、新聞紙にくるんだ大根を取りだし、新たに輪切りにする。苛《いら》ついているせいで冷蔵庫の扉の開け閉めが大きな音になる。時間を確認する。七時をとうにまわっている。今度は大根の下茹《したゆ》でなしで、粉末の出汁《だし》とともに煮る。冷蔵庫にしまったアボカドサラダも変色していないか確認し、それからじゃが芋を蒸し器で蒸《ふ》かす。ねえママー、ママーあのさチーズ食べていい？　悠菜が台所にやってきて、べたべたと脚に触れる。

「うるさいママ料理中！」つい大声が出て、言い終わらないうちに聡子は後悔する。「冷蔵庫に入ってるから食べたいなら自分で食べて。おねえさんなんだからできるよね？」やさしい声でつけ加える。踏み台を用意して、悠菜はおとなしく冷蔵庫を開けている。いつも夫の伸一は八時過ぎに帰るのに、玄関のドアを開ける音がする。ち、と思わず聡子は舌打ちをする。

伸一と悠菜を食卓に近づけず、料理を並べて慎重に写真を撮る。十数回シャッターを押したのち、「さあ、食べようか」と言う聡子自身はもうぐったりとして、食欲もない。作りなおした大根は見栄えはいいがまだかたく、ほとんど味がついていなかった。なので夕食用には焦茶色《こげちゃいろ》の大根を出した。六ピース入りのチーズを半分も食べた悠菜は料理にはほとんど手をつけず、聡子も伸一用の熱燗ばかり飲んでしまう。伸一はほとんど酒は飲まない。早々とごはんに切り替えている。今日のように待たせても、失敗作を出しても、何も言わず、好き嫌いもないおとなしい夫である。

届かない恋。昼間聴いた歌の歌詞が、突然耳に蘇《よみがえ》る。届かない恋か、と、魚の身をていねいにほぐす伸一の、その箸先《はしさき》を見つめて聡子は考える。届かない恋をすることなんて、この先一生ないのだろうな。明日事故に遭う可能性もあるし、一週間後伸一が離婚しようと言いだす可能性もある、核戦争が起きる可能性も東京から冬がなくなる可能性もあるけれど、私が届かない恋をする可能性は、まったくない。そう考えて、聡子は途方もないような気持ちになる。

「ごはん、よそおうか」頃合いを見て言うと、

「うん、頼む」伸一は米粒のはりついたごはん茶碗《ぢゃわん》を差し出す。

悠菜を寝かしつけにいき、リビングに戻ると伸一の姿はない。風呂《ふろ》から鼻歌が聞こえてくる。食器はすべて洗われ、水切り籠《かご》におさまっている。ノートパソコンを手にダイニングテーブルにつき、聡子は電源を入れる。パソコンが立ち上がっていく様子を見ながら、明日の朝食は何にしようかと考える。チーズトースト、ほうれん草のスープ、などといった献立名の合間に、すべて世はこともなし、と、そんな言葉が思い浮かぶ。

アルバイト仲間の紀実《のりみ》は二十八歳で、ひまさえあれば聡子に自分の恋愛話を披露する。悩みを打ち明けているのだと本人は言うが、聡子には自慢に聞こえる。それでいやな気がするわけではなく、聡子は紀実の話ならいつだって聞きたい。その日はランチタイム前から忙しく、紀実の話を聞くことができなかった。ランチタイムの混雑が落ち着く二時に、聡子は仕事を終える。ちょうど二時から休憩になる紀実は、聡子が着替えている更衣室に入ってきて、パイプ椅子《いす》に腰掛け、コンビニエンスストアのおにぎりを食べながら、恋愛話をはじめる。

「私もう決心したんスよ、あと少しで厄年くるんで、その前にしっかりせんといかんって。だから来年はもう手、切ることにしたんスよね。さとぴょんだってそのほうがいいと思うスよね？　てか、ずっと前からそう言ってるんスもんね」

るんスもんね、という言いまわしに聡子は笑う。そんなに無理して「ス」を入れなくても、と思うが、本人にしたら無理しておらず、入れないと気持ち悪いのだろう。

「私はそんなこと言ってないよ。ただ切れなきゃ次はこないって話をしただけだよ」

「ほーらー。それがつまりは切れろってことっスよ。私は次がきたら切れようと思ってたけどこないから、こなくて十年だから、やっぱさとぴょんの言うことは年の功だけあってほんとだって思うんスよ」

「年の功は余計」聡子は洗濯するためにユニフォームをたたんで紙袋に入れる。「でも来年ってもうすぐじゃない。あと三週間もしたら来年だよ。そんなにすぐに別れるものなの？」コートを羽織り、ロッカーのドアについている小鏡で顔を確認する。

「クリスマスにお正月にバレンタインと、カップルイベント目白押しじゃない」

「だーかーらー、クリスマスにもらうもんもらって、バレンタインにはなんにもあげないで別れるって算段なんスよ。お正月はそもそも会えないし」

もっと話を聞いていたいが、身支度は整ってしまったし、悠菜がそろそろ帰ってくる。パイプ椅子の紀実はおにぎりを食べ終え、コンビニの薄い袋からかっぱえびせんの小袋を取りだしている。

「のりちゃん、ごはんにお菓子はよくないよ」

「いやーどうしても食べたかったんスよコレ」言いながら袋を開け、ばりばり音をさせて食べはじめる。

「じゃ、またあさってね」

「お疲れさまっス。いつも私ばっか話しててすんません」

聡子は出入り口まで歩き、ふと思いついてふりかえる。「あのさ、のりちゃん」声をかけると、

「あ、忘年会スか？ 私いきますよ。女は二千円でいいっていうし。さとぴょんもいきましょうよ、たまには」

「そうじゃなくてさ、あのさ、今ってさ、届かない恋って感じ？」思いついたことをそのまま訊く。

はあー？ と素《す》っ頓狂《とんきょう》な声を出したあとで、「いや、もう恋は終わってるんスよ。あとは残り火の始末って感じっス」

顔をしかめて紀実は答えた。

街道沿いの道を自転車を漕《こ》ぎながら、今は残り火だとしても少し前まで今の恋愛は、紀実にとって届かない恋だったのだと聡子は考え、なんだ、案外身近なものだなと、

鼻白んだ気持ちで思う。

紀実は仕草やもの言いがときどき中年男じみているが、二十八歳らしく恋愛に悩んではいる。その相手というのは五十代の、妻子ばかりか去年孫まで生まれたという男で、「でも会ったときはその人だって四十代前半の働き盛りのいい男だったんスよ」と紀実は言うが、そのときの紀実はまだ十代だったはずである。それから彼らはほぼ十年、交際をしているのだ。その十年、幾度か紀実は彼と別れようとしたらしく、同世代の男の子とふたまたをかけてみたり、合コンに精を出してみたりしたらしいが、彼と長きにわたって交際したあとでは、話題も経済力も包容力も知識教養も何もかも、同世代の男たちが劣っているように思えてしまうのだと聡子は聞いたことがある。

プリクラがはやっていたころに撮ったという写真を見せてもらったことがあるが、紀実と頰をぴったりくっつけているのは、まあ実年齢より五歳ほどは若く見えるかな、という程度の、でもそれにしたって立派な中年だった。そうか、あんな中年に恋をしていたってそれは届かない恋なのだなと、だめ押しのように思い、聡子は自転車を漕ぎ続ける。銀杏《いちょう》の木はすっかり葉を落とし、一カ月前より空が広くなった。

悠菜のおやつがなんにもないことに気づき、聡子はコンビニエンスストアに寄る。牛乳にバナナ、ヨーグルトを籠に入れ、ほとんど衝動的にかっぱえびせんの袋も入れ、レジに持っていく。若い男の子がそれらを袋に入れるのを眺めていた聡子は、あ、と思う。店内に流れていた曲が、ラジオで聴いたものと同じだった。届かない恋、かなわない思い。好きなタイプの音楽でも声でもないが、なぜか聞き入ってしまう歌詞である。なんという歌手の、なんという歌か知りたいが、レジの男の子に訊けるほどには、おばさん度が足りないと聡子は自覚し、釣りとレジ袋を受け取る。

　届かない恋、かなわない思い、と、メロディは覚えられなかったので言葉だけつぶやきながら、聡子はスピードを上げて自転車を漕ぐ。マンションのエントランスが見えてきたところで、向こうから歩いてくる悠菜に気づいた。通学班のお友だちに手をふり、エントランスに向かってとぼとぼと歩いている。あまりにもその姿が頼りなく、つい聡子は自転車を止めて子どもの姿に見入ってしまう。悠菜は呼んでいないのに名を呼ばれたように顔を上げ、聡子を見つけた瞬間、ぱっと、本当にぱっと、周囲が明るくなるほどの笑顔を見せ、聡子はまた意味もなく泣きたくなる。

　白菜のおいしい季節ですね☆そんなわけで今日は白菜と塩豚を使った鍋にしました。本当は紹興酒で作るとおいしいのだけれど、ユナがいるのであっさり塩味に。今日のメニュウは白菜と塩豚鍋、くるみとブルーチーズソースのサラダ、南瓜《かぼちゃ》の茶巾《ちゃきん》。茶巾のレシピはこちら。パパは昨日に引き続き日本酒、おつまみには酒盗とかつおと青ネギの和《あ》えもの。ユナは今日はピアノの練習で、お手伝いはなし。ユナのピアノをBGMにお料理しました♪お鍋のシメはパパの希望で中華そば。用意した三玉があっという間に売り切れ。パパがおみやげにロールケーキを買ってきてくれたので、デザートつき。さすがにおなかが苦しいですわん。

伸一のシャワーの音を聞きながら聡子はキーボードを叩《たた》く。夕食の支度をしながらかっぱえびせんを一気食いしたことはもちろん日記には書かない。五十男と恋愛中の紀実の話も書かない。サラダは市販のものを買ってきたとも書かない。でも嘘はついていないよなと、ロールケーキのクリームがこびりついた皿を見て聡子は思う。べつに嘘を書いてもかまわないのに、必ずそう思う。そして嘘を書いていないのに、やっぱりかすかな罪悪感を覚える。

罪悪感を一蹴《いっしゅう》するために、ランキング上位の女たちのブログを見る。「レシピ・グルメ　一般」部門の一位はほとんどセミプロの料理研究家のブログで、一日に三回も更新されている。ときどき一位の座を奪う二位は、四十代のゲイの人が書く手抜きレシピで、これはレシピというよりキャラクターのおもしろさで人気がある。そのどちらの手腕も自分にはないから、一位や二位になることはまずないだろうが、一度でいいから十位以内に入ってみたいと聡子は思っている。更新を一日二度にしてみるか。

とすると写すのは夕飯と朝ごはんだろうか。伸一に弁当を作って、それをアップしようか。自分より数位上の人々のブログを流し読みしたあと、ま、世はこともなし、と胸の内でつぶやいて、聡子はパソコンのシャットダウンボタンを押す。げふ、と、ロールケーキ味のげっぷが出る。

八年前、聡子が伸一と、悠菜を身ごもるような行為をしたのは愛ゆえではない。結婚して最初の数年は、いや愛だったと記憶をねじ曲げようとしたけれど、冷静に考えるならば、やはり愛ではなかった。どちらかというと自暴自棄に分類される気分だったし行為だった。

八年前に別れた恋人は北島旭《あきら》という名の、ひとつ年上の男で、聡子は旭と五年ほど交際しており、婚約済みだった。旭は主に外見が聡子の好みに激しく適《かな》っていて、しかもキャンプが趣味で着火剤を使わず火おこしができるところも聡子は深く尊敬しており、交際後三年たっても四年たっても、はじめてつきあったころから一ミリたりとも目減りしない熱情を抱いていた。だから交際四年半目に結婚話を持ちかけられたときは、もう死んでもいい、と言い、あ、でも死んだら結婚できない、とあわてて言って旭を笑わせた。どちらも本当の気持ちだった。婚約にあたって大がかりなことはしなかったが、たがいの両親には紹介し、結婚式についても話した。形式張った式はしたくないというのが二人の共通の意見で、でもレストランパーティくらいはやろうというのもまた同意見だった。そのうち会場もさがさないといけない、などと言いながら、急に旭も聡子も仕事が忙しくなり、休日出勤や出張で休みの日はすれ違いが増え、なかなか会場さがしなどできずにいたところ、好きな人ができたのできみと結婚できないと突然聡子は告げられた。「死んでもいい」の日から半年足らずである。

聡子は実際に休日出勤や出張で忙しく、旭もそうだと信じていたから、そんなところまで私たちは気が、というよりバイオリズムが合う、と思っていたのだったが、実際は旭は仕事ではなく好きになった女と逢瀬《おうせ》を重ね急速に親しくなっていたのだった。目の前が真っ暗になるという表現を最初に用いた人は偉大だと、どうやって帰ってきたかわからないその日の夜、風呂場でしみじみと聡子は思った。そこから一カ月ほど、聡子はできるかぎりのことはやった。相手の女を調べ上げたし、旭に内緒で直談判《じかだんぱん》にいったし、婚約不履行で訴えるつもりで無料相談を行っている弁護士を訪ねたし、その旨《むね》旭に伝えたし、旭の両親に旭の不実を逐一話したし、あとは何をやったのだったか、その当時ですら自身の行為をよく覚えていなかったが、ともかく、みっともないだの恥ずかしいだのいっさい思うことなく、できるかぎりのことはみなやった。

その「できるかぎりのこと」のなかに、伸一と肉体関係を持つことも含まれていた。いや、そうしたからといって事態が好転するとは思えなかったのだが、「旭が浮気をしたのだから私も一度ほかの男と寝てチャラにしよう、そうすれば私は旭を許せるし、旭も私の元に帰ってきやすいだろう」という、混乱した理由で、伸一と寝たのだった。なぜ伸一だったかというと、その日会社帰りの地下鉄駅でばったり会ったからであり、飲みにいこうかと伸一に言われたからである。伸一は、大学時代の友人駒子《こまこ》の元恋人で、二人がつき合っているころ、旭も含めしょっちゅうダブルデートをしていた。駒子と別れてからも伸一とほかの数人で飲んだこともある。この人は私に好意を持っているようだと、伸一が駒子の恋人だったときから聡子は思っていた。

その日から立て続けに聡子は伸一と会った。会うたび性交をした。

旭に固執するのはやめようと決めたのは、伸一がいたからではない。単に疲れたのだった。何かやればやるほど、行動すればするほど、旭がその女性を好きで、その女性もまた旭を好いていることが理解できた。それはつまり、旭がもう自分を好いてもおらず必要ともしておらず、どちらかといえばうんざりしているし、それはどうあってもひっくり返らないと知ることでもあった。結局裁判も起こさなかった。鳥取に住む旭の両親からはお詫《わ》びの気持ちか日本酒と松葉蟹《まつばがに》が届き、何も請求していないのに旭は慰謝料だといって五十万円をくれた。どちらも要らなかったが、返すのも大人げなく思えたのでもらうことにした。

きっぱり別れてみると何ひとつやる気が失《う》せた。自分でも驚くほどだった。朝起きるのも面倒、空腹なのに何か口に運ぶことすら厄介なのだ。その気分をどうにもできず聡子は会社を辞めた。フランチャイズの飲食店を展開する大企業で、新しく立ち上がったネット通販部門の主任に抜擢《ばってき》されたばかりだった。だから忙しかったのだったが、潑剌《はつらつ》と働いたせわしない日々ですら、忌々《いまいま》しく思い出される始末だった。

仕事を辞めた直後、妊娠していることがわかった。堕胎しようかと聡子は思ったが、しかしこわかった。子を産むのもこわかったが、堕胎はもっとこわかった。それで伸一に相談すると、彼は即座に結婚しよう、一緒に育てよう、と言い、その即決具合に感動した聡子は、伸一を深く愛しているような気になった。結婚後数年は、だから記憶をねじ曲げ、自身もそれに納得していた。旭にふられて傷心の私を伸一が慰め、そこから愛が芽生え、なんとなくこの人なら安心と思ってそういう行為を、避妊することなくしたのだったと聡子はしばらく信じていられた。

でも、違う。今ならわかる。逆だ。自暴自棄でやりまくったから子ができて、子ができたから結婚することになって、結婚することになったから私は伸一を愛そうと思ったのだと、今ならそのときの段階的気分をひどく客観的に思い返すことができる。

悠菜がわがままを言わず、伸一に気に入らないことがなく、料理もゆとりを持って作ることができ、ブログの人気が五十番以内で安定し、心身ともに疲れていないとき、聡子はよかったと心から思う。あのとき旭が私をふってくれてよかった。だからやさしい伸一と出会え、ひいては悠菜と出会え、こんなしあわせが手に入った。あのとき旭と結婚していなくて、本当によかった。だってあの男は遅かれ早かれ、別な女に心変わりしたのだろうから。今考えれば、旭は自分勝手だったし、キャンプのときなんてマッチョすぎたし、こうした家庭生活には不向きだった。

けれど、悠菜が執拗《しつよう》に反抗したり、伸一が家事をいっさい手伝わなかったり、やることが山積みになりすぎたり、家の汚れが気になったり、料理の出来映えがよくなかったり、ブログを更新する時間がなかったりすると、ああ私は間違えた、と聡子は深く後悔する。人生間違えた。あのとき間違えた。旭ともっとよく話し合うか、旭と別れたのちもっとゆっくり時間をかけて結婚相手をさがすべきだった。

しかしどちらにしても、今、も、夫、も、娘、も、家、も、生活、もどっしりとここに在って、消えない。そうして聡子は、ふとしたときに無意識に思っているのである。旭が不幸になっていてくれないかな、と。少なくとも私より、と。

旭と別れたのちに、まるみと例の「幸か不幸か」談義をしたわけだが、自身の言葉通り、聡子は旭が不幸になればいいとそのときは思わなかった。根性と気概を、すでに使い果たしていたし、はじめての妊娠であわただしかったせいもある。子どもが生まれたら、きっと忘れてしまうのだろうな。旭も、旭を好きだった自分も、旭が好きになった女のことも、自分のやった「できるかぎりの」ことどもも。そんなふうに思っていた。

けれど違った。女の子が生まれ、悠菜と名づけ、お宮参りがありお食い初めがあり、離乳があり発熱があり、あわただしくせわしなく過ぎていく日々のなか、ふとしたときに聡子は旭を思い出し、不幸になっていてくれないかな、と思っている。その思いは、どうしたことか年々強くなっている。疲れていたり、うまくいかないことがあるとき、つまり「ああ間違えた」の気分のときばかりにそう思うのではない、こんなにしあわせだと思うときも、やっぱりそう願っているのである。リストラされていたりボーナス減ったりしていたらいいのに。まだ独身だったらいいのに。あの女の人にはふられて、それからずっと、女に縁なんかなければいいのに。いかがわしい風俗店で性病をうつされていればいいのに。ギャンブルで借金を抱えていればいいのに。そうしてはっと我に返り、そんな自分を深く恥じる。

そして八年前に思ったことと同じことを、今さらながら実感するのである。まるみのように、別れた直後不幸になれと呪うことができていたら、さっぱり忘れていたろうに。それをしなかったばっかりに、今、こんなことを思っているに違いないのだ。たぶん、不思議なことに、島谷玲香《しまたにれいか》の幸不幸については聡子は思いつくこともない。それは島谷玲香をよく知らないからだ。どんなことが彼女をしあわせにし不幸にするのか、思い至らないくらい。

島谷玲香は、そのときの旭の相手である。ひどく混乱していた聡子の記憶が正しければ二度会った。一度目は旭の携帯電話から連絡先を盗み見てこちらから呼び出し、二度目は玲香の勤めるデパートの靴売場に乗りこんでいった。旭の顔も声も薄ぼんやりとしか思い出せないが、島谷玲香は未だにはっきり覚えている。美人だが、目鼻立ちがくっきり整いすぎて、整形したニューハーフのように見えなくもなかった。髪をみごとにセットし、眉《まゆ》もみごとに切りそろえ、美しく描いていた。

旭と島谷玲香がどうなったのか、聡子は知らない。知ろうとすれば知ることはできたが、知ろうとしなかった。島谷玲香の勤めていたデパートにも、あれ以来一度もいっていない。売場の靴をぶちまけて大立ちまわりをしたからでもあるが、それより、わざわざそこにいく気力がなかったのだ。

島谷玲香のことを思い出すと、聡子は不思議な気持ちになる。自身の人生には含まれないはずの人だったのだ。旭がいなければ会うこともなかったろう。二度会って、罵倒《ばとう》と懇願はしたが実のある話をしたわけではない。どんな履歴の人なのかも、どんな性質の人なのかも、まったく知らない。なのに自分の内にはその人の名と姿形がくっきりと残っている。もしかして彼女がいなければ、こんなにもしっかりと在る今も夫も娘も家も生活も、なかったかもしれないのだ。

旭が不幸になればいいと思っている私って、どこかおかしいのかな、と聡子はまるみに訊いてみたいが、たぶんまるみは、旭ってだれ？　と訊くだろう。

こんな自分はおかしいのかという疑問も、聡子は当然ブログには書かない。

まるみが指定したのは赤坂にある韓国料理屋である。まるみの働く人材派遣会社は赤坂にある。まるみと会うときは、平日の昼間、赤坂でか、休日、聡子の家で、になる。もっとも、忙しいまるみは最近聡子の家になかなか遊びにこなくなった。

「お正月はどうするの」

もう注文し終えたのに、メニュウを隅々まで眺める聡子にまるみが訊く。

「ああ、今年はね、お義母《かあ》さんの体調が悪いから、こないでいいって言われたの。だから二日か三日に私の実家に帰るくらいかな」外食は久しぶりである。完成像の想像できない料理名を見ていると、すべてを注文したくなる。

「じゃ、お義父《とう》さん、ひとりじゃないの。伸一さんってきょうだいいるんだっけ」

「お義父さんは三年前に亡《な》くなったじゃん。お香典くれたじゃん。おにいさん夫婦が近所に住んでて、今年はお正月やらないつもりだから心配するなって、そっちからも連絡があって。まるみはどうするの」

「うちはどっちの実家もいかない。そういう契約だもの」

「ああ、そうだったね」

まるみは五年前に結婚している。結婚前の約束、たとえば正月にどちらの実家にも帰らないとか、どちらかの誕生日はレストランで祝うとか、夏休みは合わせて必ず旅行をするとか、そういうことを約束と呼ばず「契約」と呼んでいる。嘘か本当か聡子は知らないが、二人で作成し押印《おういん》した契約書もあるらしい。まるみに子どもはいないが、そのあたりの契約がどうなっているのか、興味がないことはないが聡子は訊けないでいる。もしかして子どもは結婚二年以内にと決めたのにできなかったのかもしれない。作らないという契約だといわれたら何かこわいような気もする。

「親の病気とか入院とか、ほんと私たちもうそういう年よね」

しみじみとまるみが言う。料理はまだかと店内を見ると、店はほとんど満席である。聡子の働くファミリーレストランでは見かけない感じの、颯爽《さっそう》とした男女があちこちのテーブルで談笑している。チマチョゴリ姿の店員が料理を運んでくる。

「明太子《めんたいこ》のスウンドゥブ定食」を、食べるより先に聡子は写真におさめる。いろんな角度から、十数枚。プルコギ定食を先に食べはじめるまるみは、眉間《みけん》にしわを寄せてそんな聡子を見ている。

「よくやるよね」呆《あき》れたように言う。まるみは以前から、ブログに批判的だ。すべてのブログに、ではない。また、聡子のブログだけに、でもない。思うに、「専業主婦がさして専門的でもない料理の数々を紹介し、夫や子を含む日常生活がさもたのしいと言わんばかりに書いている」ブログが好きではないのだろうと、実際そういう言葉を聞いたわけではないので聡子は推測している。

「はじめると癖になって」言い訳するように言って、いただきまーす、とスプーンを手にする。でも、まるみも「ピヨの　今日も天下太平」をこまめにチェックしていることを、聡子は知っている。

「そういうのって、面倒にならないの？　っていうか、聡子だけじゃなくて、みんな、ブログのために盛りつけとかきれいにしたりしてるんでしょ？　ストレスにならないの？」と、また批判的な方向に話を持っていこうとしているのを嗅《か》ぎ取って、「今は癖になって、書かないほうがストレスかな」聡子は短く答え、「うわー、おいしーい。辛いのにきちんとこくがある」と、話を変えるべく声を高くした。

「そういえばさ、前のメールに書いてた、不幸になれと呪う派のあなたは正しかった、って何よ？　なんなの、派って。私そんな不気味な党派じゃないよ」

「ああ、あれね」話をまた変えようかと思うが、しばらく考えて、聡子は口を開く。

「昔、二人で話したことがあったの。別れた男が不幸になってほしいか、しあわせになってほしいかって話を」

「うんうん」

「それで、不幸になってほしいって言ったまるみは正しかったなって思ったんだよ、急に」

「そんなこと言ったっけ私？　あ、もしかしてあんた、今ごろあの男のこと思い出してんの？　もう十年くらいたつでしょ？」

覚えていたかと軽く驚き、「八年だよ」聡子は訂正する。

「靴屋の女を好きになった」

「そこまで思い出さなくていいよ」

「あんた、いったんだよね、靴屋に。泥棒猫って騒いで、地震のあとみたいに靴ちらばしてきてやったたって、鼻の穴広げてたね」

「だから、いいって、細部は忘れてくれて」

周囲の話し声がわんわんと反響している。絡《から》まり合ってひとつひとつを聞き分けることは到底できないが、だれもこんな話をしていないだろうなと聡子は考える。別れた男の話や、女の元に乗り込んで暴れた話など。と、いうか、八年も昔の話など。年齢に関係なく潑剌と見える客たちは、みな、「今」にしか興味がないように見える。目の前のまるみもまた。

まるみはちらちらと聡子を見ていたが、プルコギ定食に目を落とし熱心に食べる。顔を上げず、言う。

「聡子ってさ」

「うん」聡子もスウンドゥブ定食から顔を上げず、答える。

「こんなこと言って気分悪くするかもだけど」

「ううん」

「ブログさ、そいつらに読ませたくて書いてるってわけだ？」

「そいつらって？」わかってはいるが、訊く。

「だから、別れた男と、別れる原因になった靴屋の女」

「そんなはずないじゃん」聡子は笑う。

「不幸になれって呪うかわりに、私はしあわせですって書き続けてるんじゃないの」

「やーだ、何その思考回路。黒すぎる。暗すぎる」聡子は笑う。そりゃたしかに、旭には私より不幸でいてくれなくては困る、と思っている。そういう自分はまるみより不健全で粘着質だとは思う。が、それとこれとは話が違う。そもそも。「私、ブログで、自分がしあわせだなんて書いたことないよ。そう見せようと思ったこともないし。それに、もし旭が読んでいたとしたら、なんか気味悪いじゃん、そんなの」言いながら、では一度も考えたことはなかったかと聡子は自問する。あのときあんなふうにして別れた恋人はどうしているかなと旭が検索に検索をくり返し、何かのキーワードで「ピヨの　今日も天下太平」にたどり着き、それから日々、チェックしているんじゃないかと一度でも考えたことはないか。「でも、断じてそんなことはない。そんな馬鹿みたいな、不毛なことはしない。別れた恋人が読むと想定してブログ書くなんて、悪趣味すぎる」

「悪かった。そんな怒んないでよ。まあね。別れた男に読ませたいなんて、たしかに陳腐な想像ではあるよね。はいこれ、デザートメニュウ」まるみはナプキンで口を拭《ぬぐ》いながら、薄いメニュウを聡子に手渡した。

その日聡子は赤坂から急いで帰り、学校から帰ってきた悠菜を英会話に連れていき、レッスン終了を待つあいだ、ほかの母親たちとともに談笑しながら頭の隅では夕飯の献立を考え、悠菜を連れてスーパーマーケットにいき、キャラクターのついた菓子がほしいとぐずる悠菜と短い言い合いをし、結局買わされて家に向かった。

夕食の支度をするより先に、まるみととったランチの写真をパソコンにとりこみ、画面に大写しになるスウンドゥブ定食を見ていたら、急に、体じゅうから力が抜けた。もうなんにも書きたくないし、もうなんにもやりたくない。そんな気分に急激に襲われる。

ねえママ、ママ、さっきのお菓子食べていい？　どこ？　どこにしまったの？　とまとわりつく悠菜を完全に無視して聡子はパソコンの電源を落とした。

メニュウは決めてあった。里芋コロッケと蝶々《ちょうちょう》のかたちのマカロニサラダ、温野菜のバーニャカウダにカリフラワーのポタージュスープ。デザートに柿《かき》も買ってある。泣く悠菜を放って台所に向かうが、さっぱりやる気が起きない。でもやんないと食べるものがない。自身に言い聞かせ、聡子はのろのろと野菜を切る。

その日の献立は、野菜炒《いた》めと味噌汁《みそしる》のみになった。こうも極端に品数が少ない夕食を写真におさめる気にもならず、撮影のために悠菜も伸一も待たせることなく食事になった。おかずが一品しかないことに伸一は文句を言うこともなく、義母の具合について聡子と短く言葉を交わしながらおかわりを三度して食事を終えた。悠菜を寝かせ、台所にいくと洗い籠に食器はおさまり、蛍光灯の明かりを反射する皿の表面を見つめ、ブログを書かないと今日一日がないみたいな気がする、と聡子は思う。そうして、今日一日がないみたいというのは、こんなにも楽なのかと続けて思う。

島谷玲香が勤めていたデパートは大宮にある。今も勤めているのかもちろん聡子は知らない。そのデパートは新宿にも池袋にも千葉にも立川にもあるから、ほかの場所に移っている可能性だってある。でも、聡子は大宮のデパートにいった。ニットキャップを目深《まぶか》にかぶり、悠菜の幼稚園時代、芋掘り遠足のときに買ったカーゴパンツに夫の革ジャケットをはおり、いったいどんな趣旨の変装なのか自分でもわからなかったが、これならよもや八年前に大暴れした女だと見破られないだろうと心を強くして、出かけた。

開店とともにデパートに入った聡子は、どぎまぎしながら靴売場を目指す。ずらり並ぶブーツに隠れるようにしながら、動きまわる店員を目で追う。お客様、何かおさがしですかと背後から声をかけられ、びくりと飛び上がってふり向く。笑顔で立っているのは島谷玲香ではなく年かさのふくよかな女性店員だ。パンプスの並ぶ棚の前で眠そうにしているのは、島谷玲香よりかなり若い茶髪の店員。重ねた箱を運んでいるのは島谷玲香と同世代だが、島谷玲香の倍はあるほど太っている。いない。いない。島谷玲香はここにはいない。

届かない恋を歌うあの声とメロディが、ふいに耳に蘇る。覚えたつもりはないのに、はっきりと聞こえる。届かない恋、かなわない思い。サビの部分だけ、くり返される。

サイズお出ししますので気軽にお声かけてくださいね、背後からまた声をかけられ、ふり向いて聡子は熊《くま》や幽霊にでも出くわしたかのように体を硬くする。顔ではなく、胸につけられたネームプレートがまず目に飛び込んできて、そこには「島谷」と書かれていたのである。「サイズお出ししますので、お履きになりたいものがありましたらおっしゃってくださいね」女はまたくり返す。

届かない恋。届かない恋。耳にこびりついた音楽が高まりながら狂ったようにリピートする。口を開けたら心臓がぼとりと落ちそうで、聡子は唇にぎゅっと力を入れ、そろそろと視線をあげる。島谷玲香が微笑《ほほえ》みかけている。そう、島谷玲香である。髪をアップにしているし、少しふっくらしているし、目元に小皺《こじわ》があるし、化粧も変わっている。でも、整形したニューハーフのような派手な美しさはそのままである。「何かお履きになりたいものがありますでしょうか」島谷玲香は訊《き》く。どうやら彼女はありがたいことに、この女は私の婚約者を寝取りましたと、この売場で大声で叫んで警備員におさえこまれた女を、覚えていないらしい。いえ。かすれ声で短く答え、聡子は不自然でないように気をつけその場を離れ、二、三、意味もなく陳列された靴に触れ、それから、こらえきれず走る。靴売場を過ぎ、化粧品売場を駆け抜け、暖房でむんとする空気を突き破るかのように外に飛び出し、そのまま駅の改札口に向かって走る。届かない恋。かなわない思い。耳元で音楽はがんがんするほどの大音量で鳴っている。ネームプレートは島谷だった。島谷のまんまだった。でも旧姓で仕事する人なんていくらでもいるし。薬指、そうだ薬指見なかった。でも結婚しても指輪しない人いるし。結婚してないのに指輪する人いるし。いや、でも、そんなことが知りたかったのか。島谷玲香が結婚しているかどうかが？　執拗にくり返す大音量の歌声の隙間《すきま》に、めまぐるしく聡子は考える。違うような気がする。だってもう気は済んだから。でも、じゃあ何が知りたかったの？　券売機でいくらかわからない切符を買い、ホームに着いて肩で息をする。鼻の先が、思い出したように冷たい。

このところずっと調子がよくないと言っていた狭心症《きょうしんしょう》持ちの義母が、大晦日《おおみそか》に発作を起こして入院し、結局、あわてて伸一の実家のある新潟に帰った聡子たちは、新年を祝うこともなく、実家に滞在し、毎日義兄夫婦と時間交代で見舞いにいって三が日を過ごした。手術をすることもなく容態も落ち着いてきたので、四日、聡子たちは東京に戻ってきた。新潟にいく前に作りかけていたお節《せち》も食べる気にならず、そのまま処分し、帰宅した夜、疲れ切っていた聡子は宅配ピザを注文した。

悠菜と伸一が寝入ってから、聡子は自身のブログをチェックしてみる。ずいぶん更新していませんがどうしましたか、というようなコメントが、いつもより多くきていた。年末年始休暇だったらいいけれど、もしや体調を崩しているのではないかと心配です。と、見ず知らずの数人が書いていた。返事を書こうと思いながら、けれどそうする気力もなく、聡子はパソコンの電源を落とした。

正月気分も味わわないまま、二日後には早くも日常が戻ってきた。

伸一を会社に、悠菜を学校に送りだした聡子は、アルバイトにいくため化粧をしながら、今日から再開しようと考える。「ピヨの　今日も天下太平」である。昨日チェックすると、どうしたのかと心配するコメントは倍に増えていた。夕飯の献立を考えながら、聡子はファミリーレストランまで自転車を漕ぐ。

「別れたんスよ、年末に」

　ジュースバーの備品を補充している聡子の横に立って、ささやくように紀実が言った。

「うそ、ほんと？」

「ほんとス」紀実は隠すようにしてピースサインをし、「有言実行っス」と言って、離れていった。

　もう家でクリスマスを祝うこともない五十代の恋人と毎年二十四日にデートをしていたのだと、更衣室でサンドイッチを食べながら紀実は早口で話した。

「そしたらこなくて。携帯連絡しても通じないし。あ、あれだ、って私思ったんス。こりゃ倒れたなって。心筋梗塞《こうそく》とかくも膜下とか。やつ、酒も煙草《たばこ》もやるから、私ずっと覚悟してるんス。そういうとき知らされないのも会えないのも覚悟済みなんスよ。十年越しの覚悟なんで並大抵のもんじゃないんスよね。それでその日は一時間待って覚悟決めて、ケンタ買って家帰ったんスけど」

「心筋梗塞だったの？」タイツに脚を通しながら聡子は訊いた。

「それが、違くて。孫が新型インフルエンザで病院にいたらしいんスよ。その病院は所定の場所でないと電波届かないようになってたってわけなんス」

「たいへんじゃない。孫って赤ちゃんでしょ？　平気だったの」

別のアルバイトの女の子が「おじゃましまーす」と入ってきて、ロッカーからポーチを取りだし、「さとぴょんお疲れー」と声をかけて去っていく。ドアが閉まるのを見届けて、

「平気だったんスけど」紀実は話を続けた。「すっごい馬鹿みたいなんスけど、そんで年末、実家帰って地元の友だちと遊びながら考えたんスよね。でき婚とか、そうじゃないけど子持ちとか、あと婚活中とか、同棲《どうせい》中とか、いろいろいるじゃないっスか、この年にもなると。そんで、私、もしやつとつきあってなかったらどうなってたのかなって。ハモとか蝦夷鹿《えぞしか》とか食べたこともなかったと思うんスけど、でも、かわりに心筋梗塞とか、きっとそんな言葉知らなかったと思ったんスよね。そんでどっちがよかったかなってしみじみ思ったんスよ」

あ、と、聡子は何か思い出しそうになる。なんだっけ。

「でもさ、そんな『もし』なんてないのよね。私もよくそういうこと、思うけどさ」

「思うんスか、さとぴょんでも」

「そりゃだれでも思うんじゃないの。あの人と別れていなければ。結婚してなければ。子どもできていなければ。仕事やめていなければ。仕事やめていれば。どこにいった

ってぜったい、選ばなかったほうのことを想像する」

しゃべっているうち、自身の姿が思い浮かぶ。島谷玲香を見て、一目散に逃げ出す姿。

「へえー。天下太平でもそんなこと思うんスか」

聡子はびっくりして紀実を見る。「知ってるの？」

「ああ、まあ。ブログやってるって前、話してたじゃないスか。レシピブログ。見つけたから、ときどき見てるんスよ。そんで、さとぴょんってしあわせなんだなあって思ってたんス。こうしなけりゃとか、こうしてりゃとか、迷ったり後悔したりしたことないんだろうなって」

「だってしあわせじゃなきゃ困るじゃない」思わず言って、聡子ははっとする。

「困るって、だれが？」

「……私がよ」

そうだ。聡子はぱちぱちと瞬《まばた》きをする。今の日々が充実しているとブログで知らせたいのは、別れた男でもその原因の女でもない、「もし」で別れた、選ばなかった私自身だ。あのとき旭にしがみついてぜったいに離れなかった、あるいは自暴自棄で伸一と寝たりしなかった、あるいは会社を辞めなかった、無数にいる、今の私とは違うところに立っているだろう「私」のだれよりも、私は今、しあわせでなければならず、私に選ばれなかった幾人もの「私」に、負けたと思わせなければならないのだ。不幸になっていてほしいのは、旭じゃない、旭と居続けた、「もし」に佇《たたず》むもうひとりの私だ。伸一も知らず、悠菜も知らない、仕事も辞めていない私。ブログを書いたあと、かすかに感じる自己嫌悪《けんお》は、きっと今の自身に対して感じている申し訳なさだ。どうして、いもしない「もし」を踏み越えなかった無数の自分に、しあわせだと伝えねばならないの？　そうしないと今を否定しそうなの？

「ともかく、どっちがよかったかって思って、すっ、とこわくなったんスよね。私、これ、あと五年先十年先も思うって。クリスマスイブにやつが孫の新型インフルであらわれなかった日に、別れてたのと、別れなかったのと、どっちがよかったか。やつを待ってスタバから見てた景色を、何度も何度も思い出すって思ったんスよ」

「で、五年後、十年後、あのとき別れてよかったってきっと思う、という結論に至ったんだ」

身支度はすべて終えたが、聡子はまだ紀実の話を聞いていたかった。ハンガーに掛けたユニフォームの皺を、意味もなく叩いて伸ばす。

「ううん。そんなこと考えないところにいたいって思ったんス。どっちがどうだったかなんて思わなくてすむような、もし、なんて考えなくていいようなところにいたいって、すげえマジに思ったんス。で、別れるってメール送って着拒にして番号消したんスよね」

「かんたんなもんだ」でもまあ、いろいろあるんだろうとは思いながらも聡子が言うと、

「かんたんなもんス」いろいろあるんだろう紀実も、うまい棒の袋を開けながらあっさりと言った。

更衣室の出入り口のドアを開け、ふりむいて、「届かない恋だったね」と聡子は言った。

「もう二度とそういうのごめんスよ」吐き捨てるように紀実は言い、うまい棒にかじりつき、思い出したように「あ、いい加減ブログ更新してくださいっス」と、口の端から菓子のかけらをこぼしながら、言った。

ついこのあいだまで道路を埋め尽くしていた銀杏の枯れ葉が、いつのまにかなくなっている。いつもより五分ほど遅れたことを気にしながら、聡子はペダルを漕ぐ脚に力をこめる。

悠菜は先についているだろう。マンションのエントランスで、不安げに立っている

だろう。急いでおやつを食べさせて、英語に連れていかなくては。

ご心配いただいたみなさま、本当にすみません&ありがとうございました。パパの実家に帰ったり、あれこれで、ちょっとせわしなくしていました。今日からまた、はりきって更新します！　ブログにアップする文面を考えながら聡子は急ぐ。もちろん、なんの用で実家に帰ったのかも、お節も雑煮もない正月だったことも、書かない。

鼻の先と耳の縁が、冷たすぎて痛む。島谷玲香を見にいった日のことが思い出される。あの日私は、私を見にいったのではないかと聡子は思いつく。つまり「もし」で別れた私だ。私の選ばなかった私。けれどそこにいたのは、当然ながら私ではなく、私と等しく加齢し、私と等しく「もし」を踏み越えて今に到着し、私と等しくときどきかつてを思い出しては「もし」の手前と、そこで別れたどこにもいやしないもうひとりの「私」に思いを馳《は》せる、ひとりの女だった。

届かない恋、かなわない思い。なぜか耳にはりついて離れないサビ部分を、ペダルに合わせて聡子は歌う。すれ違ったサラリーマン風が視線を投げるが、気にしない。いくらくり返しても、その言葉はかつてのようなあまやかさを聡子に味わわせてはくれない。紀実の恋の顛末《てんまつ》に鼻白んだからではない、もう、知ったからだ。届かない恋も、かなわない思いも、数え切れない「もし」といっしょに、今も私の手のなかにあると。いくつもいくつも、いやになるくらいあると。いつかそれらをどうでもいいと捨てられるときがくるだろうか。ブログに書き記さなければ何もないかのような、ことともない日々の先に。

やがて道の先にマンションの植え込みが見えてきて、その向こう、赤いランドセルが花のように揺れているのを聡子は見つける。すべて世はこともなし。泣きたいような気分で、聡子は思う。

いつかの一歩

悪趣味だなと、宮本徹平は思う。

その店は、私鉄沿線にあった。はじめて降り立つ駅の南口に出ると、バスロータリーがあり、その向こうに商店街がまっすぐのびている。徹平が駅に降り立ったのは七時過ぎだが、まだにぎわいを見せているところをみると、ずいぶん活気づいた商店街なのだなと思う。商店街は活気づいたところとそうでないところが極端に分かれている。商店街が活気づいた町というのは、やはり住民も活気づいているのだろう。いや、そんなことを考えている場合ではない、と徹平は自分を叱咤《しった》するように思い、歩きはじめる。

やっぱり悪趣味かな。それなら、見るだけで帰ろう。佇《たたず》まいを見て、通り過ぎて、帰ればいい。

そう思うと歩く足も少しだけ軽くなった。

精肉店。生花店。シャッターを閉めているのは文房具店。昔ながらの理髪店の前で、青と赤のねじりん棒がくるくるまわっている。煙草屋《たばこや》。青果店。和菓子屋。それから惣菜店《そうざいてん》がやけに多い。鶏《とり》料理専門の、揚げものばかりの、家庭料理全般らしい、中華風の、洋風料理の、惣菜店。こんなに惣菜屋が多いってことは、このあたりの家では料理をしないのか、それとも学生やひとり暮らしの多い町なのか。歩いているのは会社帰りらしい男女や、制服姿の男女、ちいさな子ども連れの女たちもいる。にぎわっている。

つい、よけいなことばかり考えてしまう。

徹平は歩きながら地図を出す。この先にパン屋があり、その角を曲がり、最初の角を右に入ったところに、その店はあるはずだ。

酒房　トラ。

そのネーミングセンスについて、どう考えていいのか、徹平にはよくわからない。トラというのは飲んべえにちなんで名づけたのか、じつはタイガースファンだったとか、それとも祖母の名前とか？　そんなことを考えながら徹平はパン屋の角を曲がる。ガラス張りの店内では、白熱灯の下、三角巾《さんかくきん》をした中年女性と赤ん坊連れの客がレジを挟んで談笑している。いい町なんだなとふと思う。

商店街を曲がると、すとんと道は暗くなる。店がほとんどない。少し先に明かりがついていて、そこは飲み屋だった。「居酒屋　旬彩《しゅんさい》」。まあ無難な名前だろうと徹平は思う。トラ、よりはわかりやすい。

でも、「酒房　みのり」でなくてよかったなと徹平は思う。「呑《の》み処《どころ》　みのり」とか。「スナック　みのり」とか。女主《あるじ》の名前を冠した店って、なんだか古いし、ださい。いやいや、そんなことはどうだっていいのだ。最初の角にきてしまう。そろそろと歩を進め、徹平は右側をのぞきこむ。一方通行の標識が出ているほどの、細い道だ。明かりがいくつかついている。右手二つめが、トラ。

よし。

内心で発破をかけるようにつぶやき、徹平は歩き出す。ひとつめの明かりはガラス張りのバーだった。若い男女数人が立ったまま飲んでいる。「バー　雲」。雲か。トラとどっこいだな。いや、そんなことはともかく。

「酒房　トラ」は、三階建てのビルの一階だった。出入り口は古めかしい木製の引き戸、店の前には木製ベンチにこれまたレトロなスタンド灰皿が置いてある。大げさな看板はなく、出入り口わきに丸いライトがついていて、そこに、「酒房　トラ」と手書き風に書かれているのみ。きっと店内もちょっとレトロ風に内装されているのだろう、レジわきに駄菓子用の広口のガラス瓶に飴玉《あめだま》が入れてあったりするかもしれない。それはちょっとやりすぎだ、などとめまぐるしく考えつつ、でも結論づければその外観は、こざっぱりとしたいい感じの店、という印象だった。

さてどうするか。入るか。店の前で足を止めたまま、迷う。

話し声が近づいてくる。どうやら角を曲がってこちらに向かってくるらしい。ちらりと見やると会社員風のカップルがたしかにこちらに向かってきている。トラに入るのか、否《いな》か。二人はその場に立ち止まったままの徹平に気づくと、話をぱたりと止め、ちらちら見ながら通り過ぎていくのが気配でわかる。

ええい。

徹平は「はじめての店だから迷ってみたが、でも入ってみようと決意した客」を演じつつ、「酒房　トラ」の引き戸を思い切って開けた。思い切りすぎて、バーンと音が出る。わ、と思いつつ、紺色の暖簾《のれん》をくぐる。いらっしゃいませ、と声がする。白木のカウンターに二人、テーブル席に三人、先客がいる。カウンターの内側で、主は何かしていて顔を上げないまま、

「何人さまでしょう」声をかける。

「えっと、ひとりです」

「カウンターどうぞー」

言われるまま、カウンターの入り口近い隅に座る。

「あら」

熱いおしぼりを広げて渡してようやく、女主は徹平を見る。「あら、まあ」えへへ、と徹平は笑う。本当だったんだ、とあらためて驚く。あの本原《もとはら》みのりが飲み屋をはじめたって、本当だったんだ。

本原みのりは、徹平のかつての恋人である。二十六歳か七歳か、そのあたりから、四年ほどつきあった。みのりは徹平より三つ年上だった。みのりが二月生まれで、徹平が四月生まれだったから、学年で言えば四つである。その「学年で言えば」は、交際していたときによく二人で言い合っては笑っていた言いまわしだ。

なんにする、ビール？　みのりがカウンターの内側から訊《き》いて、ドキッとする。お、おお、おお、ビール、生で、あわてて言う。

メニュウを見る。若い人のやっている店にありがちな、筆の手書き文字でないことにほっとする。鯛《たい》、もどりがつお、まぐろ、茄子《なす》南蛮、明太子《めんたいこ》入りだし巻き卵、韓国風肉じゃが、豚肉とひじきの煮物、里芋とゴルゴンゾーラチーズのちいさなグラタン、読んでいると口のなかに唾《つば》がわく。なんにする、ビール？　という何気ない口調は、交際していたときをあまりにも生々しく思い出させて、徹平はまだどきどきしている。でも、そんなのはまやかしかもしれない、とも思う。今の声に、勝手に過去を塗り重ねただけなのかもしれない。

厨房《ちゅうぼう》から女の子が出てきて、徹平の前に小鉢と生ビールを置く。

「こちら、お通しは、胡麻《ごま》豆腐でございます」

その慣れない言い方から、アルバイトであることがわかる。ということは、みのりは本当にひとりでこの店をはじめ、ひとりで調理しているのか。カウンターの左手奥をのぞく。入り口と同じ紺の暖簾がかかっていて、奥は見えないが、料理人がいるようにも見えない。

凡
「すっごい久しぶりね、びっくりしちゃった。ご注文は」目の前にみのりがきて、言う。

平
「いや、田淵《たぶち》から聞いて、田淵ってほら、あのころいっしょに飲んでて、きみの友だちといっときつきあうつきあわないってやってた、それで」

「すみませーん」テーブル席から声がかかる。

「はい、少しお待ちください」みのりが声をかけ、奥から女の子が出てきて注文をとっている。あんまり無駄話ばかりしていても申し訳ないので、徹平は手早く注文をすませてビールに口をつける。

「ああ、ああ、奈津樹《なつき》ね。奈津樹は私もとんと会ってないけど、このお店の案内を出したべつの友だちが仲いいから、それで伝わったんだね、へえ、でも、よくきてくれたわねえ」

「注文入りまーす」女の子が言い、目配《めくば》せをしてみのりは厨房に入っていく。

はじめて遊びにいった人の家のなかを盗み見るように――みのりの住まいにはじめていったときにもそうしたように――徹平はさりげなく見まわす。外観と同じように、こざっぱりしていた。白木のカウンターはつめれば八人くらい座れるだろうか、テーブル席が三つ。壁には黒板がかかっていて、まさしくみのりの字で今日のお勧め料理が書いてある。そんなこともなつかしくなる。カウンターの向こうの壁は棚になっていて、酒やレコードや雑誌やCDがディスプレイのように整然と並べてある。レジわきに広口ガラス瓶はなかった。

　訊きたいことはたくさんあった。トラって何。いや、そんなことより。なんでいきなり飲み屋？　交際していたとき、みのりはほとんど料理をしなかった。食事はいつも居酒屋。休日、どちらかの住まい――みのりの家のほうが多かった――に泊まった翌日は、ランチを食べにいくか、徹平が作るかしていた。もともとできたのにしなかったのか、それとも、別れてから学んだのか、徹平にはわからない。そればかりではない。結婚しているのか。いないのか。子どもは。どうして店をはじめようと思ったのか。資金はどうしたのか。ぜんぶひとりでやったのか、協力者がいるのか。なんとなくここにくるまで、徹平は、カウンターを挟んで徳利《とっくり》を傾けあいながら、しっぽりとそんなことを語り合えるように思っていた。その想像のなかで、前より少し老《ふ》けたみのりは割烹着《かっぽうぎ》姿だった。自分のことも訊かれるだろうと当然徹平は思っていて、どこまで話してよいものやらと、嘘《うそ》にならない程度にこの数年のできごとをうまくまとめてきてはいた。

しかし実際にきてみれば、みのりは別れた七、八年前とさほど変わってはいないし割烹着も着ていなかった。もちろん髪型はショートカットに変わっているし、少しふっくらしたかもしれないけれど、薄手のニットに紺色のエプロンをつけたみのりは、四十歳には見えなかった。自分はどうだろうと、今年三十七歳になった徹平は思う。

そうして、ぽつりぽつりとだが客が入り、八時過ぎには店はほぼ満席、アルバイトの女の子もみのりも、くるくるくるくると動き詰めで、しっぽりどころではない。トラの由来はもちろん、飲みものの追加注文をするのにも、幾度か呼びかけねばならないありさまである。

料理は、驚いたことにおいしかった。忘れられないくらいうまい、とか、感激して泣きそうになるほどうまい、というわけではない。ただ、しみじみとおいしいのである。だし巻き卵はふっくらしていて明太子が半生で、出汁《だし》がきいている。さわらの西京焼きは焼き加減が絶妙だったし、里芋のグラタンはゴルゴンゾーラのこくとくさみが意外にも合っていて驚いた。値段もそんなに馬鹿《ばか》高くないとくれば、これはたしかに混むだろうと徹平は納得もするが、しかし、信じられない。この料理の数々を本当にみのりが作っているのか。冷凍食品とか、だれかの作り置きをあたためているのではないか。しかし、みのりが厨房に入ると、たしかに調理の音が聞こえてくる。

動きまわるみのりを、徹平は見るともなく見る。交際していたときは、みのりは派遣社員をしていた。食材やアルコールなどを扱う貿易会社だった。そのころは、とくに仕事への不満も口にしていなかったし、将来、自分で何かをしたいなどと言ったこともない。いや、会社辞めて喫茶店やりたいな、とか、イタリアにいって日本料理店やりたいな、とか、そんなことはよく言い合ってはいたが、実現可能なこととして言っていたのではもちろんない。ただ、結婚はしたいようだった。出会ったときすでにみのりは二十九歳か三十歳で、三十歳手前で結婚することを「駆け込み結婚」と言うのだと言い、現に友人が何人もそうしている、と話していたのを覚えている。今どきそんなことを気にするのか、と意外だったのと、もしかしてつきあって一年もたたないのに結婚を迫られている？　と思ったから、よく覚えているのである。

もしかしてそんなことをつきあってまもなく言われなければ、別れなかったかもしれないと、焼酎《しょうちゅう》をロックで飲みながら徹平は考える。そんなことを言われたあとで、徹平はずっと、無意識にだが、みのりを結婚相手としてどうか、という目で見るようになってしまった。ふさわしいかふさわしくないか、といった傲慢《ごうまん》な目ではない、と徹平自身は思う。喧嘩《けんか》をすれば、ああこういうことで喧嘩をするんだなと思い、たのしいことがあれば、ああこういうことを休日にやるんだなと思う。たがいの友だちと会えば、こういう飲み会を月に何度かやるんだなと思い、誕生日を忘れて怒られれば、結婚記念日はぜったいに忘れてはならないのだなと思う。

料理のことだってそうだ。女が料理をすべきだとそもそも徹平は思っていなかったし、飲むのが好きだったから、二人で居酒屋で夕食をとるのはたのしかった。だから単に、思っただけである。結婚したら、そうか、休みの日や、時間に余裕があるときは、こうしておれが作るんだな。

つきあいが長くなってくれば、当然、好きで好きでたまらない、とか、いっしょにいるだけでしあわせ、とか、そういう比率よりも、どうしてこういうことをするんだろう、しないんだろう、と思うことも増えるし、ちょっとした喧嘩や言い合いも増える。そうして次第に、徹平は考えるようになった。

結婚してもうまくいかないんじゃないか。

今考えてみるに、結婚というものは、うまくいくかどうか、などという問いが思いつかない時点でしてしまうべきだ。あるいは、二年も三年も、うまくいくかどうか、などと考えるべきことではない。

結婚したらきっとうまくいかない。そう思いはじめると、いっしょにいても無駄に思えた。結婚だけが目標であるのならば、たしかにそうなのだ。それだけが別れる理由なのかと考えると、なかなか徹平は別れるとも決められず、ぐずぐずしているうちに、好きな人ができたとみのりから言われた。そう言われると、とたんにみのりを手放したくない気持ちになって、みっともないあれやこれやが、ほんの少しあった。ほんの少しですんだのは、あまりにもみのりがあっさりと、未練なく、そちらに乗り換えたからである。携帯電話に連絡しても「デート中だから」と切られ、会いたいと言っても「私は会いたくない」と言われ、「借りたCDを返したい」には「あげる」だった。

ラストオーダーだけど、と言われ、徹平は我に返ってメニュウを眺め、小腹が空《す》いていたので焼きおにぎりを頼んだ。半分ほど減ってはいるが、客は依然として何人もいて、アルバイトの女の子に最後の注文を伝えている。

店を閉めてからゆっくり話そうか、と言われたらどうしようかと徹平は考える。終電は逃し、タクシーになるが、それでもやっぱり話したい気もする。けれど、焼きおにぎりを食べ終えても、みのりはそんなことは言わない。客はどんどん帰っていく。アルバイトの女の子もみのりも、後片付けに忙しい。

「なんだか、結局ゆっくり話せなかったな。あれこれ訊きたかったんだけど」

「そうね、うちもありがたいことにだんだん混むようになってきたのよねえ。最初はどうなることかと思ったけど。六時に開くんだけど、その時間ならわりとのんびりできるわよ」と、みのりは言う。

「うわ、早退して飲みにこなきゃ」自分でも驚くほど失望して、徹平はなんとか冗談めかした。

「そうか、そうよね」みのりは笑う。いっしょにいたころと、その笑顔がぴたりと重なる。「土日もやってるよ。休みは水曜日」言って、あ、という顔をする。「ご家族いたら、土日は無理か」

「いや、いないし」あわてて言う。あわてすぎたかと不安になるほど。「土日、くるよ、ほんじゃ。空いてるときに。経緯をぜひ聞きたいし。後学のために」

アルバイトの女の子が、申し訳なさそうに勘定書を持ってくる。

「少しサービスしといたよ」みのりが笑う。

支払って、釣りをもらい、みのりに手を振って外に出る。乾いた埃《ほこり》のにおいが強く漂い、ああもう冬だなと徹平は思う。商店街に戻り、駅までの道を歩く。さすがに商店街の店々はシャッターを下ろしている。街灯にくくりつけられたビニールの造花が、ゆるやかな風にちいさな音を立てている。駅に向かいながら路地をのぞくと、ちいさな飲み屋がずいぶんとあるらしく、商店街より路地のほうが明るい。駅に向かう人よりも、駅から家に帰る人たちのほうが圧倒的に多い。知らない町で、街灯に輪郭だけ照らされ、帰るべき場所目指して向かう人たちとすれ違っていると、なんだか自分が、これから失踪《しっそう》しようとしているような錯覚を抱いた。もちろん徹平にだって帰る場所はあって、今だってそこに向かっているわけなのだが。

みのりのあとにつきあった女性と徹平は結婚した。今度は、結婚したらうまくいくかなどと考える前に心を決めた。つまり、懲《こ》りていた。結婚してもうまくいかないだろうと思うのにも、そうしてうかうかしているあいだに、また相手から好きな人ができたと言われることにも。同い年の、旅行会社で事務をしているそよ子に結婚しようと徹平が言ったのは、交際して半年後で、入籍、挙式をしたのは一年後である。

もちろん徹平はそよ子が好きだった。外見も好みだったし、気も合った。おっとりしたそよ子とはめったに喧嘩になることもなかった。どうしてこんないい子が配偶者も恋人もいなかったのだろうと不思議ですらあった。

結婚生活も、とくに問題があるはずもなかった。都内にマンションを借りて朝はともに出勤し、夜は帰りの早いそよ子がたいてい食事の準備をしてくれた。土日にスーパーに買いものにいき、映画を観《み》にいき、休日に温泉に泊まり、夏休みに少し長い旅行をし、正月には日にちをずらして互いの実家に顔を出した。喧嘩があるとすれば、靴下を脱ぎっぱなしにしておくのをそよ子が嫌うと知りながらやって怒られたり、外食するときは連絡してと言われていたのを忘れて飲みにいったりしたときだ。喧嘩、というより、だから、怒られる、というほうが近い。ふだんおとなしいそよ子が淡々と、けれど静かな怒りを持ってそれらについて何か言い、ばつの悪さから徹平が言い返し、それで少し揉《も》める。たいていそよ子が泣き、徹平があやまって終わった。終わればそよ子は根に持ったりしなかったし、そんな諍《いさか》いだって、そう多くはなかった。

きっと疲れたんだろうと、のちに徹平は思い、その言い訳くささに嫌気もさすが、でも、そう言いきれないこともない、とも思う。

だって、いつも間違っているのは自分で、ただしいのはそよ子なのだ。嫌味ではなく、本当にそうなのだ。そよ子はそういう意味では間違ったことをしない。徹平の嫌がることをしない。

そよ子のやさしさや気遣いや、そつのなさやきちんとしたところ、そんなところが「合わない」なんて言うとはなんと図々《ずうずう》しい、恥知らずな、と徹平は思うが、でも実際、なぜあんなふうに姿をくらましたのか、ほかに理由が見つからない。

三年前だ。いや、四年前か。このころの記憶はつねに曖昧《あいまい》だ。そのときの自分の気分だって、正確にはなぞれない。今、そうだったろうと想像するだけだ。

夏のさなかだった。徹平の勤める住宅会社で暑気払いの飲み会があった。一次会がビアガーデン、二次会がカラオケ、なぜか盛り上がり、いつもそこで帰るのに、徹平は三次会まで参加した。部長や先輩社員のいない気楽な飲み会で、気づいたら終電を逃していて、そうして酔いながらも徹平は思いだした、今日の暑気払いをそよ子に伝えていないと。

とたんに帰るのがいやになった。本当にいやだった。携帯電話の電源を切り、徹平は漫画喫茶に泊まった。翌日、親戚《しんせき》に不幸があったと会社に連絡し、レンタカーを借りて徹平は車を走らせた。

三日間、どんな気持ちだったか、本当によく覚えていない。いきたいところが次々と思い浮かんだことだけ覚えている。学生時代に海水浴にいった千葉の海とか、東京に出てきて最初に住んだ町とかアパートとか、その当時つきあっていた女の子のアパートとか、デートでいった中華街とか、思いついたそばから向かった。高校のときよくいっていた定食屋やゲームセンターもいきたくなって、高校生のとき住んでいた静岡の町にいき、そうしたら中学生のとき通っていた塾や野球場も見たくなって名古屋に向かい、なんだかやめられなくなって当時住んでいた団地や、小学生のときによくいったスポーツ店まで見にいったりした。いくつかはなくなっていて、いくつかは新しい店舗や建物になっていて、いくつかは当時のままあった。それらのたたずまいは覚えているのに、徹平はそれを見たときの気持ちを思い出せない。きっと、なつかしい、とか、もうないのか、とか、こんなにちいさかったんだ、とか、そんな当たり前のことを思ったんだろうと想像する。夜はビジネスホテルに泊まった。実家には顔を出さなかった。携帯電話も電源を入れなかった。服も着替えずずっとしわくちゃのワイシャツとスーツのズボンで、下着だけコンビニエンスストアで買って着替えた。どうなるか、考えなかった。ただいきたい場所のことだけ考えていた。

三日目、ビジネスホテルで起きるとものすごく体が軽くなっていた。それで、ああ、今までずいぶん何か重かったなと気づいた。体がか、あるいはいつのまにか背負った何かがか。でもそれを、たとえば仕事のせいだとか、生活のせいだとか、そよ子のせいだとか、考えなかった。軽いから帰ることができると思った。それで帰った。

連絡はしておいたので会社は問題なかった。四日目からふつうに出社した。問題はもちろん、そよ子だった。なんの連絡もなく三日も帰らなかったことについて、そよ子は責めたり怒ったりはせず、ただ、心配していたと言った。車で昔住んでた町をまわっていたと言っても信じてもらえないだろうから、言い訳をあれこれ考えて、でも何ひとついい嘘を思い浮かべることのできなかった徹平は、どこにいっていたのか訊かれず、ほっとはした。

責められたり怒られたり、あるいは問い詰められたり、おれはしたかったのだ、と気づいたのは、離婚してからだ。

三日間の失踪の半年後、そよ子は別れましょうと穏やかに言った。

連絡もしなかった三日間のことなど忘れかけていたから青天の霹靂《へきれき》だった。なんで、と訊くと、あなたのことがよくわからないし、これからもわからないと思う、わかろうとひとり努力するのに疲れた、と言う。それだけだったら、もしかして引き留めたかもしれない。けれどそよ子は続けた。

子どもを産むリミットが近づいているから、もうぐずぐずしている暇はないの。

自分以外の男の子どもを早く産みたいと、つまりそよ子は言っているのだった。あの失踪の後、そよ子とはそういうことをしていなかった。

おれではだめなのか、とか、何を言っているんだ、とか、わかってもらえるようおれも努力する、とか、一からやりなおしてみよう、とか、言葉は思い浮かんだが、それらの何ひとつ言わず、わかった、悪かった、と徹平は言った。その瞬間、あの三日目の朝のように、体が軽くなったような気がし、あわててそれを打ち消した。

それが三、四年前である。以来、徹平はひとり暮らしをしている。友人から紹介されて女性と食事をしたり、映画を観にいったり、ドライブにいったり、誘われてグループでゴルフにいったりすることはあるが、だれとも深く交際はしていない。

そよ子と別れたあと、体が軽くなった気がしたのは一瞬で、やっぱり落ち込みはした。あの三日間がいけなかったんだろうと思ったり、でもあの三日間がなかったらおれはどうなっていただろうと思ったり、なんで靴下を洗濯かごに入れられないんだろうと思ったり、いやきっと原因はそんなことではないのだと思ったりし、そうしていつしか、みのりのことを考えている。

みのりと交際していなければ、きっと、そよ子と結婚もしていなかったろう、と徹平は気づく。みのりと結婚してうまくいくだろうかと三年以上考えた結果、結婚しなかった。だからこそ、そんなこと考える前に結婚しようと決めたのだ。もし順番が逆で、そよ子と交際したのちにみのりと会えば、みのりとすぐ結婚したのではないか。徹平は結婚を何かたいそうなもののように考えていたけれど、そんなようなものでしかないのではないかと、あるショックをもって思う。

そして、なんと馬鹿馬鹿しい考えかと自分で充分理解しつつ、思うのである。結婚したらうまくいかないだろうと思ったみのりとこそ、じつは、うまくいったのではないか、と。

それって未練なの、なんなの、と牧乃《まきの》は言う。同期入社したが、インテリアコーディネーターの資格を取って、今はべつの会社で働いている牧乃は、徹平がわりあいなんでも話せる女友だちである。牧乃が転職してからときどき飲むようになった。今も、二、三カ月に一度はなんとなくいっしょに飲んでいる。だから牧乃が、今現在、カメラマンである年下の男といっしょに住んでいることも知っている。

しかし今日のように土曜日の午後、陽射《ひざ》しを受けながらカフェのテラス席でお茶を飲むのはめずらしいことだった。歩道と車道を区切るように植えられた銀杏《いちょう》の葉は黄色く染まり、風が吹くとはらはらと舞うように落ちる。まだ四時過ぎなのに、陽はすでに夕方の色合いで、舞い落ちる葉を金色に染めている。

「未練っていうかさあ、仮定だよ、ただの仮定」

昼間に会っているだけでなんとなく気恥ずかしいのに、酒も飲まずに恋愛話のような会話をしていることに、自分ながらうんざりするが、しかし、今日牧乃に出てきてもらったのは、「酒房　トラ」に誘ってみようと思っているからだった。あの日以来、徹平はさんざん迷った。土日の早い時間にいって、みのりとゆっくり話したい気持ちもあるが、でも、なんとなくそれじゃあ、それこそ未練があるようではないのかとも思う。離婚し、恋人もいない三十七歳の男が、よりを戻そうとでも企《たくら》んでいるのかと思われたら……という、妙な自意識がある。交際中、牧乃の話はしたことがあるが、会ったことはないからみのりは覚えていないはずだ。友だち、とそのまま紹介すれば、みのりだって気が楽なはずだ。訊きたいあれこれ、どうして店をはじめたのかとか、トラって名前はなんなのかとか、料理はどうやって覚えたのかとか、そんなことは牧乃がいても訊けることであるし、それに、結婚したのか否かというのは、牧乃がいたほうが訊きやすい。

「っていうか、男って本当に未練がましいよね」

徹平の言葉を無視して牧乃は言い、カプチーノを飲む。上唇に泡をつけたまま歩道を見て、「カップルカップルカップルカップル」とつぶやく。たしかに、目の前を通り過ぎていくのはカップルばかりだ。十代くらいの男女もいれば、手をつないだ男男もおり、白髪の男女もいる。つきあう前の組み合わせもいるだろうし、別れ話真っ最中の組み合わせもいるのだろうと徹平は思い、そのことにちょっとびっくりし、それから気づく。別れた女に会いにいく男と、その男に誘われた女、という二人組もまた、向こうから見ればカップルに見えるだろうと。

「たしかに女は別れたらスパーッと忘れるからなあ」

「別れたら、じゃなくて、次に好きな人ができたら、だよ」

「まあ、そうだ」忙しかったのはわかるが、じつに素っ気なかったみのりを思い出して、言う。

「前の奥さんはどうしてるの」

「さあ、共通の友だちがいないからなあ」でもきっと、言葉通り、結婚して子どもを産んでいるだろうと、これは心のなかで言う。靴下を脱ぎ散らかさない、外食のときには連絡を忘れない、わからないところのない男の子どもを。嫌味ではなく、本当にそう思う。そうであってほしいとも、思う。

「今日、彼氏はだいじょうぶなの、夕飯とか」

「仕事で九州いってる。それにうち、私がごはんとか、そういうのないし」

牧乃はカメラマンの前にはスポーツライターと交際していたと徹平は記憶している。そういう主義なのか、同棲《どうせい》はするが結婚はしない。家事もきっちり分担して、生活費もきっちり折半であるらしい。牧乃は男友だちと食事もするし、女友だちと夏休みに海外旅行もする。同様に、相手が女性と飲みにいっても、仕事で何日家を空けてもかまわないのだそうだ。自由でいいなと話を聞くたび思うけれど、自分に果たしてそういう暮らしができるかはわからない。牧乃とこうして親しくしているのは、結婚したらうまくいくかという仮定が、そもそもあり得ないからではないかと徹平は真剣に考えてしまう。

「なんか、申し訳ないけど。べつに恋人のふりしてくれとか、そういうんじゃないから。友だちって紹介するし。友だちだし」カップに残ったコーヒーを飲み干して徹平は言う。

「いいよぜんぜん。そこ、おいしいんでしょ」

「もし前に別れた男が飲み屋やってたら、いくか？」時間を確認しながら徹平は訊いてみる。

「すごーくおいしいって評判だったらいくかも。それも、予約が取れないくらいのレベルだよ。そうじゃなかったら、まずいかないだろうね」

牧乃は徹平が想像したとおりの答えをする。牧乃は、というより、女はとことん合理的で現実的だと思いつつ、勘定書を手に立ちあがる。

牧乃にはとても言えないが、じつのところ、十日ほど前に再会してから、もしみのりと結婚していたら、とますます考えるようになった。うまくいったのではないかと、前より強く思うようになった。しかも、気がつくと「うまくいった」という過去ではなく、「うまくいく」と現在形で考えている。

仕事を終えてあの店に寄る。晩酌ついでに夕食を食べて、忙しさの合間に一言、二言言葉を交わし、適当な時間に切り上げて、帰る。あるいは先に帰って夕食の準備をし、深夜、店を終えて帰る妻のぶんを残して、風呂《ふろ》に入って寝る。土日は店の仕込みを手伝ってもいい。合う休みはうんと少なくなるだろうが、そのかわり、年末年始や盆に、豪勢な旅行をするのもいい。以前のように互いの友だちとの行き来もはじまるだろう。あの店を借り切って飲み会をするのもおもしろいだろう。喧嘩もするだろうが、前よりは大人らしい喧嘩だろうし、それに、喧嘩しないよりしたほうがいい、言い合いをしないよりしたほうがいいことを、今徹平はよく知っている。

　そんなことを考えている。ほとんど夢想である。

　みのりがはじめたのが家庭料理を出す飲食店であり、それがまたおいしかったのがいけないのだと徹平は思う。もしペットショップだったら。もし麻雀《マージャン》店だったら。もしネイルサロンだったら。こんなふうに、湯気がほんのり漂っているような夢想は、しやしなかっただろう。そう思うと、自分自身がなんとも情けなくなって、徹平はようやく夢想をやめられる。

「酒房　トラ」の開店と同時に店に入る。

「あら、あら、よくきてくれました」芝居じみた言いかたで、カウンターのみのりが言う。いらっしゃいませと、テーブルセッティングをしていたアルバイトの女の子も言う。

「テーブル席にします？」

「いや、カウンターで。この人、前に話したかもしれないけど、友だちの熊川《くまかわ》牧乃さん。同期だったんだよね。この店の話したら、いきたいって」言いながら、牧乃がいるから敬語なのかと気づく。

「まあ、どうもありがとうございます。お飲みものは」熱いおしぼりを渡しながらみのりは言い、

「私ビールお願いします」

「生お願い」

声が揃《そろ》う。

「いいお店ですね、いつからやってるんですか」

徹平がメニュウを眺めているあいだ、さっそく牧乃が気をまわして質問している。

「八カ月か、九カ月か。オープンしてすぐ地震があって、うちの被害なんて知れたものだけど、でも食器も大半割れたりしてね」

「そうだったんですか……」牧乃はしんみりと言ったかと思うとメニュウに目を落とし、「わ、これおいしそう」と現金にもはしゃいだ声を出す。

「しかしびっくりしたよ、きみ、料理できるなんて知らなかったし」

牧乃がメニュウに目を落としているあいだに、徹平は言った。牧乃にきてもらって正解だった。ひとりだったらこう訊くのもなんとなく躊躇《ちゅうちょ》しただろう。

「あはは、この人と親しくしていたときがあって」顔を上げた牧乃に、言いにくそうにみのりは言う。

「知ってます、ってへんですけど、私、昔から飲み友だちなんで、たしかずいぶん前、この人から話を聞いたことがあります」

「そう、別れたのもずいぶん前。そのずいぶんのあいだに、料理教室いったり、勉強したりして」

「もともと好きだったんですか」

「料理？　うーん、そうでもなかったけど、飲むのは好きだったから。注文、どうされます」

言われて、徹平はあわててメニュウに顔を落とし、牧乃が何品か頼む。みのりが厨房にいったきりにならないよう気を遣ってくれたのか偶然か、刺身や、作り置きしてあるだろう煮物などを注文している。

「でもおひとりで、たいへんでしたよね、きっと。お店出すのって」

「本当にね。ここを出す前、ほんの二、三年だけど、中目黒のほうのお店で手伝わせてもらって、料理以外の経営とか、あれこれをそこでも習って」注文を書き取りながら、みのりは言う。

「本当にひとりでお店はじめたんだ、旦那《だんな》さんとかの援助もなく？」さりげなく徹平は言い、

「援助してくれる旦那がいたら店なんか出さずにのんびりしてたかもね」みのりは笑い、そこに客が一組、引き戸を開けて入ってくる。三十代前後のカップルはなんにも悪くないのに、ち、と徹平は内心で舌打ちをする。

二人はテーブル席に案内され、みのりは厨房に入り、女の子が二人の客におしぼりを渡しにいく。

「今の、さ」徹平は牧乃に耳打ちする。「旦那がいないってことかな、それとも、援助してくれない旦那ならいるって意味かな」

「なかなかにむずかしいよね」牧乃は真顔でうなずく。

まず刺身が運ばれてきて、次に蓮根《れんこん》と豚バラの煮物、ホタテと白菜のクリーム煮が運ばれてくる。それぞれ二杯目のビールを頼み、それを運んできた女の子に、

「ねえ、みのりさんは結婚されてるの」牧乃は耳打ちした。なるほどその手があったかと徹平は膝《ひざ》をちいさく打つ。

「え、してないと思いますよ。男に頼っちゃいけないっていつも言われてますし」

女の子は笑い、ビールを慎重に置いて去り、徹平は牧乃と顔を見合わせる。

「それで、どうするの」そのまま訊かれ、

「いや、どうもこうも。知りたかっただけだから」徹平は言い訳するように答えた。

七時が近づくと、ちらほらと客が入ってくる。まだくるな、まだくるなという徹平の願いと裏腹に、七時半になるころには、ほとんど満席である。カウンター席には六十代とおぼしき老紳士のひとり客、自分と同世代に見える女性客ひとりがいるが、ほとんどが三十代かそれ以上のグループかカップルで、馬鹿騒ぎするような年齢ではないから、混んでも店はうるさくはない。

またしても、みのりと女の子はせわしなく立ち働く。未婚らしい、というところからそれまでに知り得たことは、二年前に父親が亡《な》くなって遺産分けがきょうだい間であり、少しまとまった額が手に入り、生活費に消えていくよりは何かかたちとして遺《のこ》したかった、それでようやく店をやろうという希望が、さほど突拍子も無いものでもないと気づいた、場所さがしは難航したと自分では思っていたが、飲食店を営む友人知人に聞くと、半年もせず気に入りの物件が見つかったのは、超のつくラッキーなのだそうだ。ということだった。

ではほかに何が訊きたいか、というと、もうあんまりないような気もして、ああそうか、知りたいというか、ただ話したかったのかなと徹平は思う。

「ちょうど、飲み食いするのがおもしろくなってくる年齢よね」肩越しにテーブル席を見やって、牧乃が言う。徹平もふり返る。向き合う男女、男二人に女ひとりの三人、女三人で埋まっている。

「前よりおいしいものがわかるようになって、お酒の飲みかたもわかるようになって、それで、こういうお店を見つけたりするのがおもしろいのって、あのくらいの年齢じゃない？」

「あのくらいって、三十代のはじめ？」

思い出そうとせずとも、みのりとともにいた時期、別れたころのことが浮かぶ。たしかにあのころ、しょっちゅう飲みにいっていたけれど、店をさがしてくるのは三十代になったみのりだった。徹平は、高級店じゃなければどこでもかまわなかった。自分が三十代はじめのころは、結婚とか生活とかそんなことばかり考えていて、おいしい店のことなんてあんまり考えなかった。

「偶然かもしれないけど、みのりさん、そういう意味でいい感じのお店にしたと思う。都心からちょっと離れてて、でも不便じゃない場所の、路地にあって、ちゃんとおいしくてそう高くもない、ってああいう年齢にはきっとうけるもの」

「まあ、偶然だろうな」徹平は笑いながら、どういう店にしようかとみのりが考えたときに、自分たちの過ごした時間を思い出してくれたのだったらいいなと、ちらりと思う。あのとき、どんな店をいいと思い、どんな店をイマイチと思ったか。どんな料理をおいしいと言い合い、どんな料理をまずいと言い合ったか。流行も味覚も変わるから、そんなはずはもちろん、ないのだけれど。

あんまり遅くなっても牧乃に悪いから、九時前後に帰ろうと決めていたのだが、ちょうど九時前、カウンターにいた女性客と老紳士がそれぞれ会計をすませて出ていき、少し手の空いたらしいみのりがカウンターに戻ってきて、サービスだといって冷や酒を出してくれた。

「せわしなくてごめんなさいね」

「いいお店ですね、とても。いただきます」

「この人にふられたときに決めたの、ひとりでも生きていけるような何かをはじめなきゃ、って」

みのりは牧乃に言って、笑う。

「え、ふったのはそっちだろう。好きな男ができたって」

「私、結婚願望が強かったの。ちょうど三十歳くらいのときに交際していたのがこの人だったから、結婚してもらえるとばかり思ってた。それが、ずーっとしてくれないから、こりゃだめだって思ったんだけど、そのとき同時に気づきもしたのよね。だれかに何かしてもらおうと思っちゃだめなんだなって」

「ああ、わかります」牧乃は相づちを打ち、

「あの男とはどうなったんだよ」興味なのか意地なのかわからないまま徹平は訊く。

「だめだめ。一年くらいはもったかな」

「それで料理教室？」と訊くのは牧乃だ。

「それがねえ、その彼が前につきあっていた人が、ものすごい料理上手だったんだって。そのころ私、料理しないか、しても自己流だったから、よく比べられて、むかついてたの。だから最初は対抗心で通いはじめたのが、案外おもしろくて、資格とろうかなと思うまでになって、それで、そうかお店、飲み屋さんやればひとりでも生きていかれるじゃんって」

「じゃ、おれにふられて、じゃないじゃん。その男に料理をけなされて、が、ただしいじゃん」少しおもしろくない気持ちで徹平は抗議をする。

「だからね、ひとつひとつつながるのよ。おもしろいよね。あなたに結婚してもらえなくて、何かやろうって決意して、次の人に料理けなされて、よしやってやるってなって、って、つまり続いていくわけよね。ひとつなければ、次のひとつもなくて、そうしたら、またぜんぜんべつのところにいってるんだなあーって、しみじみ思うのよね」

飲んでもいないのに悟ったようなことを言うみのりを、徹平は見る。おんなじことを考えていた。みのりと交際したから、そよ子と結婚したのだろう。それは間違いとか正解ということではなく、今度はきっと、そよ子と離婚したからこそ、選ぶ何かがあるんだろう。

「すみませーん、鯛茶漬け、三ついただけますか」

「はーい」

みのりは威勢よく返事をして、厨房に入った。ふり返ると、テーブルには先ほどの客がまだいて、談笑したりメニュウを見たりしている。そんなに年の離れていない、知らないだれかの人生をつい想像する。恋をしたり別れたりして、なんでもないそのことが、その人を別の場所に連れていき、そこでまた何かと出会い離れ、ときに泣いて、後悔し、怒り、あきらめ、でも、その人しかたどり着かない場所に向かって、何かに押し出されていくんだなあ。

「帰ろうか」

言うと、

「そうね」

牧乃も答えてコップの日本酒をぐいと飲み干した。

ついこのあいだ、冬のにおいだと感じたものの、それほど寒くはなかったのが、この数日でぐんと冷えこんだ。けっこう飲んだのに、さほど酔っていないのは緊張していたからだろうか。徹平は牧乃と歩を合わせて暗い商店街を歩く。

「おいしかったねえ、本当に」

「いや、今日はほんと、ありがとう」

「いえいえ、おやすいご用」

土曜日だからか、帰路に向かう人たちはこのあいだよりもずいぶんと少ない。自転車に二人乗りした若いカップルが、甲高い笑い声を上げて通り過ぎていく。

「人生って最初からあるのかしら、それとも、できていくのかな」尋ねるのではなくひとりごとのように牧乃は言う。「できていくとしたら、いつのどの一歩がその後を決めていくんだろう」

夜更《よふ》け、女友だちと人生について話すことが照れくさかった徹平は、

「きみもそんなこと考えることがあるんだねえ」茶化すように言う。

「そりゃそうよ、だってさ、就職するときはインテリアコーディネーターになろうなんて思わないでしょ？　でもなんとなくおもしろく思えてきて、そっちにいって、そ

うするとそこで、またあらたな出会いとか別の仕事の興味とか、出てくるわけじゃない」

「おれはなんかつまんないくらい変化ないけど、まあ、そうだよね」

「考えてもわかんないけどね」

急にどうでもよくなったふうに、牧乃は言う。

「どうなるってことでもないし」

徹平もつけ足す。本音だった。人生がどのようなものであるか、考えてもわからないのだし、またわかったところで、どうもならない。うまくいかないよとたとえだれかに言われても、それでもやっぱりそよ子とは結婚しただろう。うまくいくかもしれないよとだれかに言われても、あのときみのりとは結婚しなかったろう。

「でもあと何十回も考えるんだろうねえ、人生って、って」

「そうだねえ」

正面に、駅の明かりが見えてくる。ロータリーにはバスが何台か停まっている。

「これからどうするの」信号待ちをしながら、牧乃が訊いた。「みのりさんとこ、通い続けるの」

「うーん、そうだな、あんまりちょくちょくいくのもへんだし、でもいい店だし、たまにいきたいとは思う」徹平は素直に答えた。ひとり暮らしになって、仕事仲間と飲んだりひとりカウンターで飲んだりして帰ることが多くなった。だったら、べつにここまで足を伸ばしたってそう変わりはない。「へんかな？」しかし急に不安になって、訊く。信号が青に変わる。

「へんかもしれないけど、まあ、いいんじゃないの。何があるかわかんないし」意味深な顔で言って牧乃は笑い、

「何もないに決まってるだろ」徹平は言うが、でも、心の内では、友人に聞いてあの店の引き戸を開けたとき、またあらたな一歩を自分は踏み出したのだろうと思う。それがどこに自分を、あるいはみのりを、連れていくのかわからない。正解も不正解もないどこかだろうということだけ、わかる。

「毎回じゃなくていいから、ときどきまた誘ってよ」

　自動改札を通り抜けながら牧乃が言い、徹平はほっとする。

「そういえば、店名の由来って訊き損ねたね。それ、知りたかったんだよね」

ホームに向かうエスカレーターの上段で、いきなり振り向いて牧乃は言う。

「あ、聞いた」

徹平は言う。勘定を払っているとき、訊いたのだった。そういえば、トラってなん

なの。寅年《とらどし》だっけ？　もしくは酒飲みの大トラ？

　レジスターから釣りを出しながら、「猫」とみのりは答えた。実家で飼っていた猫。十八年生きたの。私が大学入るときに死んじゃったんだけど、大往生の部類だよね。

「猫、だって」

　意外だった。いや、よく考えればそんなに意外ではないのだけれど、なんとなく、みのりのことなど何ひとつ知らないような頼りない気持ちになった。猫を飼っていたのか。しかも十八年といえば、生まれたときからずっといたのか。死んだとき泣いたのだろうか。交際していたとき、そんな話は一度も聞いたことがなかった。

「あ、猫、か」

　牧乃はどうでもよさそうに言い、ふふふと笑った。そんなにおかしいことでもないのに、徹平の口からも笑いが漏れた。息が鼻先で白く流れた。

平凡

そちらに遊びにいきたいのだが、会えないかというメールを榎本春花《えのもとはるか》からもらったとき、紀美子《きみこ》にまずわきあがったのは、よろこびや戸惑いといった感情ではなく、学生時代に観《み》た、ウディ・アレンの映画だった。失業中の夫を持つ不幸な女の元に、スクリーンから登場人物が抜け出してくる映画である。むろん紀美子の夫は失業中ではなかったし、春花は架空の人物でもないのだけれども。大げさだ、と、だから自分でも思うのだけれど、モノクロだった世界に急に色がついたように感じられるのは否《いな》めなかった。

榎本春花がやってくると、夫に言おうかどうしようか迷って、未《ま》だ決められずにいる。一月の半ばにいくと春花は言っている。その日にちの前後、紀美子はそうそうにパートの休暇届を出した。四日間もの休暇がすんなり認められたのは、ゴールデンウイークや盆といった、だれもが休みたいときに働いているからだと紀美子にはわかっている。年末も、三十一日までシフトを入れてある。紀美子は土産物屋で働いている。土産物屋といっても店舗というよりは倉庫といったほうがいいような馬鹿《ばか》でかい建物で、産地直送の生鮮食品からキーホルダー、箱詰めの銘菓からTシャツ、ペナントから地酒地ワインとなんでもひととおりそろっている。出入り口のわきにはフランクフルトやソフトクリームを売る店があり、パラソルのついたテーブル席で食べることができる。生鮮食品コーナーのレジと商品管理が紀美子の仕事である。

「なんかたのしそう、いいことあった？」と朝食の席で夫に訊《き》かれ、じつは榎本春花がね、と舌の先まで出かかって、結局、

「え、私、そんなにいつもたのしそうじゃない？」

と、紀美子は答え、言おうとしたことをひっこめたせいでぶっきらぼうな、怒ったようなもの言いになり、紀美子は即座にしまったと思うが、何か言い添えるのも訂正するのも面倒で、そのまま台所に戻り、ぐらぐらと煮え立つ味噌汁鍋《みそしるなべ》の下のガスを止め、それを椀《わん》によそう。

「そんなこと、言ってないじゃん」

テーブルに並んだ、味噌汁、ごはん、納豆、目玉焼きを見下ろして夫が言う。やっぱりむすりとした声で。

「あ、そ。いいことなんてとくにないし、私はいつもたのしくないってこともないですよ」

ああ、どうして原因もないのにいつも喧嘩《けんか》じみてしまうのだろう。紀美子はうんざりと考えながら味噌汁をすする。沸騰《ふっとう》するまで煮詰めたのは自分なのに、アチ、と迷惑げに眉《まゆ》をひそめる。結婚したころは、いや、結婚三年目くらいまでは、味噌汁を煮立たせないよう注意していたのにな、と紀美子は思う。

七時五十分に夫が出かけ、紀美子は食後の食器を洗う。七時五十八分に、テレビで星占いがある。紀美子は手を止めて画面を見、牡牛《おうし》座が十位であることを確認し、作業に戻る。

意味のない喧嘩じみた会話を夫としても、牡牛座が十位でも、さほど落ちこんでいないのはやっぱり春花がくるからだろうなと、九時過ぎ、パート先の土産物屋に軽自動車で向かいながら、紀美子は考える。空はずいぶんと高いが、陽射《ひざ》しのせいで車のなかは暖房をつけずともあたたかい。紀美子はなんだかたのしくなって、CDの音量を上げる。リップスライムのCDは、土産物屋の二十代のアルバイト女子がくれたもので、好きとか嫌いとか思ったこともなく、ただ紀美子はずっとそのCDを聴いている。そうしていれば、自分の一部がまだ二十代の時間に引っかかっているかのように。

そうだ今日からダイエットしよう、と紀美子は赤信号で停車して、思いつく。明日から、と毎日のように思っているダイエットを、今日こそはじめよう。春花がやってくるときまでに、そうだな、目標マイナス五キロ。

昼休み、だから紀美子は、カツカレーが食べたかったが山菜蕎麦《そば》にした。土産物屋の二階にある従業員用の食堂で、携帯電話をいじりながら、蕎麦をすする。

「またツイッター？」

紀美子よりひとつ年上の山久恵が向かいに座り、にやにや笑いで言う。恵は紀美子が携帯電話をいじっていると必ず「またツイッターやってる」と言う。機械音痴の恵は携帯電話でメールを打つこともできないし、ＡＤＳＬは発達障害の子どものことだと思っている。もちろん、百四十文字で何か書きこみ、また他人の書きこみ文を閲覧できるサービスのことも、よくわかっているわけではない。見知らぬ他者とやりとりする、チャットのようなものだという程度の理解だろう。紀美子は、実際ツイッターのタイムラインを眺めていたとしても、恵に指摘されるとなぜだかむっとする。むっとして、「違うよ」とぶっきらぼうに答えてしまう。

「あら、お蕎麦なんてめずらしい。しかも山菜。ダイエット？」

という恵の質問にもかちんときて、

「ちょっと胃が痛くてね」

　蕎麦は三分の一ほど残っていたが、ダイエット宣言にはちょうどいいかもと思い、紀美子はトレイを持って席を立つ。背を向けるときにちらりと盗み見ると、恵のトレイにはカツカレーと早くもデザートのプリンが載っていた。

　恵とのいらだたしいやりとりにも、午後の、やたらに質問の多い中年女観光グループにも、一週間に一度はやってくるクレーム爺《じじい》の出現にも惑わされず、帰りの車中も紀美子はまだ機嫌がよかった。そのことを自覚し、春花すごい、と思う。春花効果、すごいじゃん、と。自分と同世代の、子連れの女たちでごった返したスーパーマーケットでも、紀美子は鼻歌をうたいたい気分で買いものをする。ダイエットだから炒《いた》め料理でなく蒸し料理にしよう。鶏肉《とりにく》が安いから鶏の酒蒸し。特売のもやしも蒸して食べるラー油をかけたらおいしいかもしれない。山菜蕎麦を残したせいで、倒れそうなほど空腹だが、そんなことも春花効果にはかなわない。

　榎本春花は宮本紀美子の、旧姓小野田紀美子の、中学高校の同級生だった。静岡にほど近い神奈川県の、伝統があるわけでもなく進学校でもない、中高一貫教育の女子校でいっしょだったのだ。中学一年のときと、高二、高三のときに同じクラスだった。

中学一年のときは、春花はずいぶん大人びた女の子であるように、紀美子には見えた。菓子作りが得意で、よく学校に手作りの菓子を持ってきていた。ブラウニーやタルトタタンといった菓子が存在することを、紀美子は春花に教えられた。それから春花は音楽に詳しくて、みんながブルーハーツに心酔しているとき、U2だのチープ・トリックだのと洋楽について話していて、そんなことも紀美子にはやけに大人びて思えたのだった。ブラウニーを一切れ分けてもらったが、中学時代の紀美子は春花ととくに親しいわけではなかった。

仲良くなったのは高二のときだ。高二の榎本春花は、中学時代と印象がひどく違っていた。大人びた少女というよりは、不思議ちゃんと呼ばれるタイプの女の子になっていた。とはいえ、春花自身が変わったわけではない。周囲が変わってしまったのだった。ブラウニーもタルトタタンも、クイニーアマンもチュロスも、すべての女子がもう知っていたし、手作り菓子より都内の有名店で買ってきたもののほうが尊重された。音楽にしたところで、ドリカムや槇原敬之《まきはらのりゆき》を夢中で聴いているクラスメイトから見れば、春花はちょっと変わった趣味の子に過ぎなかった。

林間学校で、二段ベッドの上の段同士隣り合ったとき、紀美子が案外気安く春花に話しかけることができたのは、だからだ。中学生のときのような緊張をしなくてもすんだのだった。何を話したのか、紀美子はよく覚えていない。ただ、すぐに仲良くなったことは覚えている。週末、待ち合わせてよく海にいくようになったし、夏休みに東京にいったりもした。もちろん東京といっても、春花が誘うのは、ほかのクラスメイトのように原宿や渋谷ではなくて、漫画ばかり多い馬鹿でかい古本屋だとか、私鉄駅から延々歩いたところにある美術館だったりした。紀美子はとくに趣味もなく、春花のように詳しい何かがあるわけではなかったから、いつも春花のいきたい場所につきあった。美術館で何を見ても、古本屋で何を見ても、「へえーっ」と思った。なんかすごいな、と思った。けれどそれで、何かにのめりこむということはなかった。

私、高校を出たらいち早く結婚して子どもを産んで、大家族を作るの、と春花が言ったのは、林間学校のベッドか、それとも東京行きの列車のなかか、紀美子は覚えていない。だれと結婚するの、と訊くと、そんなの、これからさがすのに決まってるよ、と春花は真顔で言った。どういう人が好きなの？　と重ねて訊くと、まっとうな結婚生活を送れそうな人だ、と春花は答えた。こんなにいろんなことを知っていて、いろんなものに興味があるのに、そんなのもったいない、と紀美子は言った。ハルちゃんだったら、東京にいって、ばりばり仕事をしてばりばり恋愛をして、道ッ端で叫んじゃうような人になれるのに、と。それは紀美子が持つ「テレビドラマに出てくるドラマチックな若い女」のイメージだった。どのドラマというのではない、ドラマという非日常では、東京という非日常を舞台に、みんな過度に働き過度に恋をし、過度に叫んでいるイメージがあった。

「何それ、頭のおかしい人みたい」と言って春花は笑った。キミちゃんはどうしたいの？と訊かれても、紀美子は答えられなかった。とくに好きなものもなく、趣味もなく、こだわりもない紀美子は、将来についても同様に、希望やイメージがあるわけではなかった。春花の口にした地味な将来設計は、自分にこそ似合うようにも思ったが、しかしそんなに早く結婚ができるようにも思えなかった。きっと、クラスメイトの多くといっしょに、姉妹校の短大に進み、卒業して地元企業に就職し、そこで出会ったただれかと恋愛結婚するんだろうな、と、「そうしたい」ではなく、いちばんパーセンテージの高い可能性として、思った。そして紀美子はこっそり夢想するのだった。何かのきっかけがあって東京にいくことになって、ばりばり働く羽目になって、ばりばり恋する羽目になって、道ッ端で叫ぶような羽目になってしまえばいいのにな、と。

翌年、インフルエンザみたいに紀美子と春花、二人とも予定外に恋に夢中になった。それは今思えば、本当に恋に恋するその年ごろにしかかかることのかなわない流行性の病みたいだったとしか紀美子には思えないのだが、それでもその二人の恋は、その後の二人のさまざまなことを変えた。人生を変えたと言ってもいいと紀美子は思っている。

　榎本春花は地元で結婚のできそうな人と結婚せず東京にいったし、紀美子は夢想したような羽目に陥らなかったばかりか、今や地元を遠く離れて、まったく縁のない、未《いま》だに何県か忘れてしまうような地方都市に住んでいる。

　とはいえ、大きく変わったはずの私の人生は、あのちっぽけな想像とさして変わらないなと紀美子は思う。だから、もし春花に会うことがあったら訊きたいと、ずっと思っていたのだ。そんなふうに激変した人生についてどう思っている？　あのあといったいどんなことがあったの？　どんなことを思って今のようになったの？

　でも、そんなことを訊く機会は一生ないだろうなと思ってもいた。榎本春花は、一日テレビをつけ放しにしておけば、かならずどの時間帯かには画面に登場する。レギュラーで出ている番組がひとつ、隔週でゲストに出る番組がひとつ、最近はバラエティ番組にも出たりすることもあり、今やコマーシャルにも登場している、超のつく人気料理研究家なのだ。

　紀美子の記憶がただしければ、春花は最初、主婦向けの雑誌に登場した。美容院で渡された雑誌で紀美子はそれを見、びっくりして図書館にいった。調べてみたが、春花が出ているのはその雑誌だけだった。けれど翌月、また図書館にいって調べてみると、三種類の雑誌に春花は出ていた。それが今から七年ほど前。紀美子はまだ二十代で、そのころは千葉に住んでいた。あれよあれよという間に、春花は雑誌の表紙で笑うまでになった。最初に雑誌の写真で見たときは、高校時代の春花の面影が濃く残っていたけれど、表紙で笑う春花はいきなり垢《あか》抜《ぬ》けて、知らない人みたいになっていた。テレビに出はじめたのは五年くらい前。ちょうど、紀美子が三十歳になったころだ。

ほかにも料理研究家はたくさんいる。次々登場する。そんななかで、春花の人気が落ちないのはなぜだろうと紀美子は考えたことがある。なぜそんなことを考えているのかわからないながら、それでも出した結論は、キャラクター、だった。

春花の料理は本格的な日本料理というよりは、化学調味料をいっさい使わない、料理名のないような家庭料理だ。作ってみればかんたんで失敗が少ないこともわかる。一度使ったきりの珍しいスパイスや調味料の意外な使い道も教えてくれる。冷蔵庫の残りもので代用できる料理も多い。電子レンジを使わず蒸し器を早くから多用していたのも時代に合っていたのだろう。けれどやっぱり、キャラクターだと紀美子は思う。始終笑顔で、平気で失敗し、失敗したらそれを認めて謝ってはまた笑う。高い食材を嫌い、「スーパーで充分」と言い切る。時事ニュースやタレントに疎《うと》くて、話をふられてもすっとぼけた回答をし、自分の関心のない話題になるとぽかんとあらぬ方向を見つめている。垢抜けた三十五歳の春花は、美人の部類だと紀美子は思うし、絶やさない笑顔は女性として魅力的だと思うのだが、それとは裏腹の、ちょっととぼけた田舎のおかあちゃん、というようなキャラクターのギャップが、料理云々《うんぬん》より受け入れられているのだろうというのが、紀美子の分析である。

春花が、世間一般のことに疎く、人のことを悪く言わないのは昔からだが、あんなふうににこやかでほがらかで素《す》っ頓狂《とんきょう》なのは、テレビ用に作っているんだろうなと紀美子は下世話に考える。そう考えないと、まるきり知らない人になってしまうようでこわいのだ。

しかし実際は知らない人と変わりはない。最初に雑誌で写真を見てから、紀美子は、編集部宛《あて》に二度、彼女がテレビに出るようになってからは彼女の事務所宛に一度、彼女のブログを発見してからは三度、手紙やメールを書き送った。返答はなかった。

ツイッター、なるサービスがあって、そこで春花が百四十文字のレシピや日々のことをツイートしているとブログで知って、紀美子も早速、登録した。幾度か彼女のコメントにリプライと呼ばれるコメントを書いた。元気？　紀美子です。今、どこそこに住んでます、こっちにくることなんて、あるかしら。テレビ見たよ。ハルちゃんのお料理本、買いました！　と、返信でもなんでもないことを。これにもまた、返事はない、しかし八万五千数人というフォロワーの数を見れば、それもまた当然だと思われた。だから、春花本人から、ほかのフォロワーが読めないダイレクトメッセージが届いたときは、紀美子は叫びそうになった。信じられなくて、レジに立ちながら何度もこっそり読みかえした。恵に、「またツイッター？」と言われ続けながら。

いつも通りの年末と新年だった。三十一日、いつもより早く、午後四時に仕事を終えた紀美子は、夫の運転で二時間ばかり山を登ったところにある温泉宿に向かう。その旅館で年越しをするのが、この町に引っ越してきてからの夫の両親の希望で、集まるのは夫と紀美子の夫婦、夫の姉夫婦と小学生の子ども二人である。夫の末婚の弟は、二年前はきていたが去年は欠席、今年もこないらしい。子どもはどうするのかと、義父母にも義姉にもこの数年やっと訊かれなくなった。余計に重苦しい気分になったことは否めないが、そんなことにこだわっていてもしかたがないと思う紀美子は、割り切って、露天風呂《ぶろ》や姪甥《めいおい》との再会や料理をたのしむことに決めている。

一日の夕方に帰ってきて、翌日は紀美子の実家にいく。実家にいってもとくにすることもない。夫は父親と一緒に箱根駅伝を見ているし、母は相撲部屋に提供するかのような料理を台所にこもってひとり黙々と作っている。暇を持て余した紀美子は、ぶらぶらと近所を散策し、中学校を見にいったり、今ではもう表札の違う、かつて榎本家があった場所を見にいったりした。

毎年毎年のくりかえしに、いつもうんざりしていた。うんざりしながら、あきらめていた。温泉宿で笑っていれば元旦《がんたん》は終わったし、実家のまわりをうろついていれば二日は終わり、三日、家に帰ってもらってきた食材を消費していれば四日になって、その日の夕飯を用意すれば次の日にはもう、新年なんかはずっと背後に遠ざかっていて、また、おなじ毎日がはじまる。みんなそうじゃないか。それが生活だと思っていた。みんなそうして暮らしているんじゃないか。たぶん。榎本春花を含む、多忙な人たち以外は、みんなつつましやかに今日と似た日をくりかえしているんじゃないか。

そう思いながら、新年二日目の夕暮れ、生まれ育った木造一軒家に向けて歩きながら、紀美子は考えずにはいられなかった。高校三年生のときの、あの恋の結末が違っていたら、私はどこにいたんだろう。春花はどこにいたんだろう。私が東京にいて、春花がこの町にいた可能性はあっただろうか。私が春花のように何かの分野で活躍していて、春花が私のようにどこか遠くの町で、うんざりしながら今日と同じ明日を迎えていた可能性はあるんだろうか。そんな想像にはなんの意味も生産性もないとわかっているのに、考えずにはいられないのである。

太陽が山の向こうに沈み、辺りが急速に暗くなると、家々の明かりが灯《とも》る静かな町に、五時を知らせる夕焼け小焼けのメロディが響き渡る。

今年もまた、そんな暮れた住宅街を歩きながら、意味も生産性もない想像を紀美子はせずにはいられなかったのだが、今年は去年までのように疲弊した気分ではなかった。春花効果は未だ続いていた。なんといっても、春花に直接訊けるのである。激変した人生についてどう思うのか。あの高校三年時の恋が、自分に与えたもの、奪ったものは何だと思うか。そんなことを直接春花に訊いて、話すことは、今の狭苦しく息苦しい場所から、自分をどこかに解き放つに違いないと、紀美子は言葉ではなく感覚で、思っていた。原因がはっきりしないのに喧嘩になっていくように、何にも困っていないし何にも追われていないのに、なぜこんな、袋小路《ふくろこうじ》みたいな場所にいるのか紀美子にはわからないのだが、さらに、夫がその感覚を共有してくれているのかいないのかもわからないのだが、もしかしてどちらかといえば後者のほうが自身にとって問題視すべき事なのかもしれないのだが、ともかく春花がきて、会って、言葉を交わせば、ぜんぶ変わると、紀美子はすがるように思っているのだった。

紀美子は、昨年のうちに、春花がきたときの手順をぜんぶ決めていた。十二時三十七分着の私鉄線で最寄り駅に到着することまで、春花からのツイッターダイレクトメールで知らされていて、そこに迎えにいくことは紀美子から伝えてあった。

昼食は、駅前のホテルのイタリア料理店でとり、それから車でめぼしい観光スポット――寺や滝や山のなかの地蔵群や道の駅だが――に案内し、夜は、この町でもっとも高級な料亭の、蟹《かに》料理のコースをすでに予約してある。そうして紀美子は、春花と同じホテルに泊まるつもりだった。春花が許せば同じ部屋に、いやがれば別室をとり、その日はホテルか近所のバーで遅くまで語り合うことに決めていた。実際には、春花がその日泊まるのかどうか確認はしていない。でも、せっかくくるのに、その日に帰るなんてことがあるかしら。ないない、と、ひとり結論づけているのだった。

玄関の戸を開けると、油のにおいがいきなりあふれてくる。唐揚げと鮪《まぐろ》の刺身と南瓜《かぼちゃ》のグラタンは、中学生のときの好物だといくら紀美子が説明してもおせちとともにテーブルに並ぶ。一度登場し、うっかりおいしいと夫が言ってしまったホタテのバター焼きも。いつもは嗅《か》いだとたんに胃がもたれるそのにおいも、現金なことに、空腹を刺激する。

ただいまあと紀美子は子どものように声をはりあげ、こんなに寒いのにどこにいってたのおー、と毎年くりかえされる母親の高い声が飛んでくる。テレビの前のこたつで、父も夫も眠りこけている。こたつテーブルにはビールの空き瓶が四本、律儀《りちぎ》にきちんと並んでいる。

改札から出てきた春花を見たとき、やっぱり目立つ、と紀美子はまず思い、緊張がさらに高まった。結局、五キロどころか五百グラムも体重は落ちなかった。

「あ、キミちゃーん。やーだー、すぐわかった」と、春花が駆け寄ってきたとき、「あっ、ひさ、ひさしぶり！　に、荷物持とうか、車、車あるの」と裏返ったような声で矢継ぎ早に言った。名を呼ばなかったのは、なんと呼んでいいのかわからなかったからだ。けれど春花はそんな紀美子の緊張を察することもなく、きょろきょろと駅の構内を見まわし、

「なんかさむーい。ねえねえ、お茶飲むとこある？　まずお茶飲まない？　へーえ、駅舎なんてあるんだね、あのストーブとかなつかしい感じ！　っていうかカフェなんかある？　ないかしら」

矢継ぎ早に言う。

「それよりお昼は？　ここ出るとすぐホテルがあって、そこに入ってるイタリア料理店がなかなかおいしいから、あの」

「あ、お昼ね、私電車のなかで食べてきちゃった。駅弁好きなんだよねー私。前ね、なんちゃって駅弁を作る連載もやってたことあるんだよ。っていうかキミちゃん、寒くないの、そんなかっこうで！」

「あ、ほら私、車だから……。ともかく車に……」

「それよりお茶飲みたいなー。なんかあったかいもの飲みたーい。ねえ、そのホテルとやらならお茶飲むとこくらい、あるよね。どこ？　こっち？」

案内するはずだったのに、紀美子は歩き出した春花を追いかけるように歩いた。

榎本春花は、テレビで見るままの人だった。笑顔を絶やさず、飾り気がなく、どこかすっとぼけてマイペースで、自分の関心のないことには興味のあるふりもしない。ちょっと意外だったのは、テレビで見るよりずっとせっかちだったことだ。けれど、その感想が、そのまま中学高校時代の春花に重なるかといえば、紀美子はよくわからなくなる。

ホテルの喫茶店で向かい合い、ちぐはぐな、従ってせっかちな春花主導で進んでいく一方的な会話をしながら、紀美子は、自分はすでに以前の春花のことなどあまり覚えていないのだ、と気づく。春花は、カフェオレを飲みながらせわしなく自分のことについて話し（まだ結婚もしていないのやんなっちゃう、仕事が恋人ってこの年で言うとなんかいっちゃった人みたいだよねえ、この町ってキミちゃんいつから住んでるんだっけ、子どもできたんだっけ、そっかー、でもいいよ、子どもなんかうるさいだけじゃん、私は猫飼いたいんだけど猫飼ったら一生ひとりとか孤独死とか脅されて飼えないのー、キミちゃんなんか飼ってる？　へー、でもいいよー、生きものなんてどうせ先に死んじゃうもんね。っていうか今年寒いよねー）、紀美子はそのひとつひとつについていくのがやっとで、質問を差し挟むことも、今日考えたスケジュールを説明することもできず、だから春花を観察するのに専念した。春花は化粧のせいか手入れのせいか、元来の特質か、とても三十代には見えない、茹《ゆ》で卵みたいにつるんとした肌をしている。化粧は控えめで、耳たぶに光っているのは、小ぶりだがダイヤモンドだろうと紀美子は見当をつける。てろんとしたインナーに薄手のカーディガン、ジーンズにブーツ。アクセサリーはピアスだけ。インナーのくすんだ緑色と、カーディガンの紺色が、なんだかやけに都会的なように、紀美子には見える。隣の座席には、裏返して畳んだコートとショール。コートは赤で、ショールは茶色だ。私の知っている春花とはやっぱり違う、こんなに騒々しい、派手派手しい女じゃなかった、と思いかけたとき、

「あはは、ごめん、なんか緊張して、私ばっかり話してるね、緊張すると昔は黙った

のに、テレビの仕事するようになってからこうなっちゃった、生放送なんかだと、黙ってると気まずい感じになるからなんでもいいからしゃべれって言われてて……あ、またしゃべりすぎ」

と、紀美子から目をそらして春花は困ったように笑った。高二のとき、春花って変わってるからねとクラスメイトに言われ、同じ顔で笑っていたことを紀美子は一瞬にして思い出す。

「あの、すみません、もしかして、榎本春花さんじゃありません？」

支払いに向かうらしい中年女性のグループから、ひとりがまっすぐ紀美子たちのテーブルに近づいてきて、春花に言った。

「ええ、そうです」春花がなんの躊躇《ちゅうちょ》もなく笑いかけると、

「んまあー、こんな田舎で会えるとは思わなかった！　ねえねえサインくださらない？」

女性は斜めがけしたバッグをさぐっていたかと思うと、こともあろうに折りたたんだチラシを平気で差し出した。「こんな紙しかなくって……」と、何も書かれていない裏面を、押しつけるように春花に渡している。春花は足下に置いたバッグから筆箱を出し、歳末大特価、鶏もも肉ひとパック二百円という馬鹿でかい文字が透けている

紙に、自分の名前を丁寧に書いている。どうもありがとうございまーす、と、笑顔で言っている。

「有名なのも、たいへんね」ホテルを並んで出ながら、紀美子は心底同情して言った。それについて春花は何も言わず、ケへ、と聞こえる声で笑った。

車に乗りこむ。陽射しのせいで暖房がきいているかのようにあたたかい。助手席の春花と並んでいると、さっきの緊張が少しばかり和らいだ。

「すごく退屈な町だけど、のんびりするにはいいかもしれない。天井に描かれた絵が有名なお寺があるんだけど、まずはそこに」

「M町三丁目ってわかる？　川沿いのあたりらしいんだけど」紀美子を遮って、てきぱきと春花は言う。

「え……」

「そこにいきたいの。M町三丁目の、番地まではわからないから、そのあたりを走ってみてほしいんだけど」

M町は紀美子が住む町の隣にあり、知らないわけではなかったが、とくに何があるわけでもない住宅街で、紀美子はほとんどいったことがない。でもとにかく、春花がそこにいきたがっているのだから、エンジンをかけ、駐車場から国道に出、M町に向けて車を走らせた。国道は空《す》いていて、空は高く澄み、町はまだ正月のままのようである。はじめてこの町を見る春花の目には、この光景はどう映るんだろうと紀美子は思う。

「M町に何があるの？」

「何ってわけじゃないんだけど。ねえ、キミちゃんはその町？　もしかして三丁目だったりする？」

「違うけど……なんで？　知り合いでもいるの？」

「わー、なんかなつかしい感じのお店だねー」

と窓に額をつける春花の目線の先をちらりと見れば、どうということもない、ただのラーメン屋が背後に流されていく。質問をかわしたかったのが見え見えである。いったいなんなんだろうと思いつつ、紀美子は話題をさがす。

「ねえ、今日は泊まるのよね？　本当はうちに泊まってもらいたいんだけど、うち、狭いし、あれだから。もうどこかホテルとった？　さっきのホテルもいいけど、もう少しいくと二年前にオープンしたホテルもあるよ。私もたまには泊まっちゃおうかなーって思ってるんだ」

「うーん、泊まるかどうか、わかんないのよねえ」春花は携帯電話を取りだし、何か操作をしている。ツイッターかなと紀美子は思う。「幼なじみと会うなう」とか、打ってるのかな。もしかしてこの町の光景が、榎本春花のツイッターに出るかもしれない。そう思うと、紀美子は車を停めて、自分の携帯電話をチェックしたくてたまらなくなってくる。

「せっかくだから、泊まればいいのに。いつも忙しいんでしょ？　テレビつけてると必ずハルちゃん出てるもんね、すごい活躍だよねえ。あの榎本春花が隣に座ってるなんて嘘《うそ》みたい。ねえねえ、私ずっと知りたかったんだけど、テレビでやったお料理ってどうするの？　だれかが食べるの？　それとも捨てちゃうの？　あとさ、よく試食しておいしーいってみんな言うけど、失敗したこととかってないの？　砂糖と塩を間違えるような……」春花はまだ携帯電話を操作している。紀美子は、馬鹿みたいなことを言っている、これじゃただのミーハーだ、と思うが、そう思えば思うほど、なぜか止まらない。「ちょっと好きだなって思うような芸能人の人と共演するときって、サインもらったりするの？　それともそういうことってしちゃいけないの？　もしかしてハルちゃんのお料理でみんな集まってパーティしたりとか、そんなドラマみたいなこと、していたりするの？」

ぱたんと音をたてて携帯電話のフリップを閉じ、「M町で火事があったの、キミちゃん、知らない？」と、窓の外を見つめて春花が言った。

「え、火事？　火事？」意味がわからなくて紀美子はくり返した。たしかに最近、夜半に消防車の音が鳴り響くことが多いが、冬場はいつものことだし、ましてその消防車がどの町に向かっているかなど紀美子は知らない。「火事があったの？」もしや春花の知り合いがM町に住んでいて、火事にあったのだろうか。そのお見舞いにきたのだろうか。とりとめなく、せわしなく、紀美子は考える。

「木造二階建て全焼、焼け跡から会社員松山大介《だいすけ》さん五十六歳と見られる遺体、松山さんは、妻二十七歳、三歳長女と一歳次女との四人暮らし、松山さん以外の三人は重傷で入院中。現在出火原因を調べている。妻の回復を待って事情を聞く方針」

春花はニュース原稿でも読み上げるようにすらすらと言った。

「え、何、それ、何それ」信号が黄色に変わり、紀美子はあわててブレーキを踏む。

「知り合いの人？」

春花は横を向いて窓のほうを見ているので、どんな表情なのか、紀美子からは見えない。

「そこの事故現場にいきたいんだけど、住所はわからないの。でも、全焼っていうんだからすぐにわかるんじゃないかなあ。二カ月くらい前だから、もしかしてもう更地になってるかもしれないね。でもまだ家は建ってないよね」

「ええっ、ねえ、ハルちゃん、そんな火災現場を見るためにここにきたの？」

まったく要領を得ず、何か知ろうとするとはぐらかしたり無視したりする春花に、さすがに紀美子も腹がたってくる。「ちょっと、なんなのよ、ハルちゃん、私運転手じゃないんだから、説明くらいしてよ」

「恋愛していた相手と同姓同名なんだよね」ぼそりと春花が言った。

「えっ」

訊き返したものの、紀美子には聞こえていた。恋愛していた相手と同じ名前だと言ったのだ、その、火事で亡《な》くなった人が。道ばたの標識が目に入る。M町と書いてある。三丁目とはどのあたりか。しかし春花の言うとおり、ぐるぐる走っていれば、火災現場などすぐにわかるのではないだろうか。

「人が亡くなるほどの、そんな大きな火事があったなんて……」

春花が何も言わないので紀美子は言ったが、もちろんそんなことが言いたいわけではなかった。紀美子は左折し、住宅街のなかに入る。将棋盤に駒《こま》が並ぶように家々は整然と並び、道はまっすぐに延びている。まるで町全体がどこかに避難してしまったかのように、人の姿がない。

「なんと言っていいのか……たいへんだったわね」これもまた、へんだ、と紀美子は言いながらすでに思う。「でもなんだか、近所の人とハルちゃんが交際していたっていうのが不思議。どうやって知り合ったの」ああ、これはたしかに今訊きたいことだけれど、不謹慎だろうか。またしても、めまぐるしく、せわしなく紀美子は考える。

「製粉会社の人でねえ、私が会ったときは東京本社にいたの。広報部だっけな、私勤めたことないからわからないけど、そういうPR部署みたいなところ。そのころ連載していた料理コーナーに広告提供していて、タイアップなんかもよくあったから、幾度か顔を合わせることがあって」

　春花は隠すふうもなく、流暢《りゅうちょう》に話す。テレビに出る前だと十年くらい前だろうかと、紀美子はこっそり計算する。のぞきこんだ横道に、立ち話をする老婦人たちの輪を見つけ、紀美子は意外なくらいほっとする。まっすぐいけばたぶん川にぶつかる。そうしたらまた、別の道を走ればいい。

「お店とか、ぜんぜんないんだね」

「そうねえ、私はこっちのほうにきたことないからわからないけど、お店だったらさっきの国道沿いじゃなきゃないかもしれない」

「夜なんか、真っ暗なんだろうねえ」

独り言のように春花が言う。話の続きが早く聞きたいが、催促するのはためらわれる。やがて視界が開けてきて、車は土手に出る。枯れ草が繁《しげ》り、その合間をサイクリングコースが走っている。その下が川だ。紀美子は車を右折させ、また別の道を国道に向かって走らせる。曲がったところに住所の書かれた看板を見つけ、紀美子は車を降りて三丁目の場所を確認する。どうやら、今いるところは二丁目のようだ。紀美子は運転席に戻って車をバックさせ、三丁目に入ったところでまた、右折させた。そういえば、春花はお花を持っていないが、その地に着いてどうするつもりなんだろう。ただ手を合わせるのだろうか。

「あっ、ねえ、あそこじゃない」

三丁目に入って少し走ると、ここもまたみっちり家々が並んでいるが、前方に空間の開けた場所が見えた。紀美子ははしゃいだような大声をすぐに恥じたが、

「本当だ！　きっとあそこだ」

春花も似たような声で叫ぶ。

そこまでいって車を停めると、たしかに、一区画、更地になっていた。売り地を示すような看板もなく、ロープが張られているわけでもない。ただの、四角い更地である。ここが本当に火災現場かわからないが、

「へえー」

助手席から運転席に身を乗り出して、春花はその土地を眺めている。そんなふうに春花が眺めているると、本当にここで家が燃え落ちたように、紀美子にも思えてくる。かといって、知らない人だし、見たわけでもないので、なんの感慨もわかないのだが。

「降りないの？」

訊くと、

「だって降りたら目立つじゃない。もういいよ。車、出してくれる？」

拝みもしないのか。拍子抜けするような気持ちで、紀美子は言われたとおりアクセルを踏む。

「その国道沿いに戻ってどこかお店があったら、入っていって訊いてみてくれない？松山大介の奥さんと娘たちはどこに入院しているのかって」

「えっ、私が？」驚いて紀美子は訊いた。

「だって、私だと、ほらさっきみたいに知ってる人もいるし」

ああ、そうか、なるほど、と思うが、なんだか釈然としない。

「病院を訊いてどうするの？　お見舞いにいくの？　でも、元彼の現妻なのよね？」

「やーだ、キミちゃんったら、モトカレとかゲンツマとか、わっかーい」春花は紀美子の肩を軽く叩《たた》いて笑った。以前の恋人が亡くなった現場を見た直後とは思えないような笑い声である。

「確かめたいのよ、松山大介があの松山大介か」

「えっ」紀美子は言い、「えっ」もう一度、言った。「そうなんじゃないの？」

「だから、言ったじゃない。昔恋愛していた人と、同姓同名だって。その人っていう保証はないから知りたいの」

「でも重傷の奥さんを訪ねて……」

「二カ月もたってるから、もう元気になってるかもしれないよ。あ、でも退院している可能性もあるね。でもそういうのも、病院でわかるじゃない」

考えを整理しながら紀美子はハンドルを操り、国道に出た。国道沿いに自動販売機はあるが、店はない。シャッターの閉まった布団《ふとん》店はあるが、開いている店はない。もしあったとしても、そんな探偵まがいのことをするのは紀美子はいやだった。しかも、亡くなった人の家族なのに。

「ねえハルちゃん、このへんならみんな、隣町にある大学病院だよ。重傷っていうなら間違いない。そこにいってみようよ。そこでなら、私、訊いてあげるから」

「へえー、このあたりは病院の選択肢もないんだねえ」

夜は暗いだろう、と言ったのとまったく同じ調子で春花は言う。やっぱり春花は変わった、と紀美子は思う。有名になって、なんというか雑な人になった。雑な、機微のない、図々《ずうずう》しい人になった。なんとなくおもしろくなくて、紀美子は黙って運転に専念した。国道を、自分の暮らす町に向かって車を走らせる。年に一度健康診断にいっている大学病院には、二十分もしないで着くだろう。春花のことを、図々しく雑だと思い、病院にいってその家族のことを聞き出すなんて絶対にいやだと思っているものの、紀美子には不思議な高揚があった。事件に巻きこまれているような。ドラマチックな何ごとかが、自分の人生に起きているような。

「本物の元交際相手が、今どこにいるか、調べようがないの？」紀美子はその高揚が声に出ないよう、慎重に訊いた。

「そうね、その会社に問い合わせればわかるかもしれないけど、今、どうだろうね。個人情報とかうるさいって言うしねえ」

「さっきの火事の人が、ハルちゃんの知っている人だっていう確率はどのくらいあるの？　年齢とかがいっしょっていうだけ？」しかし、どうにも好奇心が抑えられない。

「年齢がいっしょ、あと、その人の勤めていた製粉会社の支社がこっちにもある」

「それだけ？」

春花は運転席の紀美子をじっと見て、それから前方を向いた。言うか言わないか、考えているふうである。病院の建物と建物の上部にとりつけられた看板が、低く連なる屋根の向こうに見えてくる。

「その人、私と別れたあとに結婚したんだ、びっくりするくらい若い人と。火事の記事にのってた奥さんの年齢が、そのくらいかなって」

紀美子はさっきの春花の言葉を思い出そうとする。たしか男性は五十代で、奥さんは二十何歳だったっけ。子どももずいぶんちいさかった。

「でも、本人とはかぎらないんだよね」

「本人とはかぎらない」

病院の駐車場に車を入れる。いつも混んでいる。さっきの無人の住宅街が嘘だったみたいに、大勢の人がいる。病院に向かう人、出てくる人、車に乗りこむ人、バス停に並ぶ人。

ああ、べつに私に会いたかったわけではないんだなと、今さらながら紀美子は気づく。火事で亡くなったのが元恋人かどうか知りたかっただけで、私がたまたまその近所に住んでいたから、メールをくれただけなんだな。こうして代わりにあれこれ聞き出してくれる探偵役として。なーんだ、そうか。っていうか、そうに決まってるよ。

有名になって人が変わった榎本春花が、つまらない退屈な町に暮らす退屈なパート主婦なんかに会いたいわけ、ないって、なんで気づかなかったんだろう。

「ねえ、待ってなよ」紀美子は言う。「ハルちゃん、有名人だから、病院のなかにいたらまただれかに気づかれてサインとか求められるよ。こんな地方の病院に何しにきたんだろうって思われるよ。だからここで待ってなよ。私が訊いてくるから」

「え、ほんと、ありがとうキミちゃん」春花はぱっと顔を輝かせて、言う。

紀美子は財布と携帯電話だけ持って車を降り、病院に向かって歩く。ふり返ると、助手席で携帯電話をいじっている春花がフロントガラス越しに見えた。昔の恋人の行方を調べているなう。胸の内で茶化すように紀美子は言うが、あんまりおもしろくもなかった。

外来患者の出入り口を入ってすぐ右手に、売店がある。そこで週刊誌とファッション誌をぱらぱら眺め、菓子のコーナーを眺め、あたたかい紅茶のペットボトルを二つ買って、紀美子は病院を出た。空はまだ青く高いが、もうすでに黄色味が混じり、夕方っぽくなっている。春花になんと言うか、決めていなかった。もうなんだかどうでもいいやというような捨て鉢な気分だった。

「奥さんもお子さんも、回復してとうに退院してるって」ドアを開け、運転席に乗りこみながら紀美子は言った。「奥さんの実家が青森にあって、そこに帰ったらしい。住所までは当然教えてくれなかったけど。あとね、たぶん、亡くなった方、ハルちゃんの知り合いじゃないよ、このあたりの出身の人って、職員の人が口すべらせて言っていたから」すらすら嘘を言っていることを不思議に思いながら、紀美子はミニサイズのペットボトルをひとつ、春花に渡した。「どうしよう、もう用事は終わったんだよね。だとしたら、帰る？」

春花を見るが、春花は両手でペットボトルを包むように持ったまま、何も答えない。紀美子はエンジンをかける。後方に注意しながら、車をゆっくりと移動させる。先ほどの高揚が、高揚とは違う何かにかたちを変えて、まだ皮膚の内側にあるのを紀美子は感じる。それがなんであるのか、なんという名が似つかわしいのか、よくわからないのが不愉快だった。あれほど待ち遠しかった、隣に座る女の存在が、今や得体の知れない荷物のように思える、その気持ちも不愉快だった。今や、紀美子は一刻も早く家に帰りたかった。台所で米をとぎたかった。タイルの隙間《すきま》の黒カビに舌打ちをしながら、風呂掃除をしたかった。

「三十歳になる前に別れたんだけど」

車が走り出してずいぶんたってから、春花が急に声を出した。

「その人、結婚してて、子どももいて、別れる別れるって言っててもちっとも別れないから、私、結婚願望あったし、三十歳になってそんな恋愛もどうかと思って、焦《あせ》って別れて、でも、けっこうつらくて」

いきなり春花が自身の話をしはじめたことに動揺しながら、「うん」紀美子は短く相づちを打つ。

「そんな思いで別れたのに、別れてすぐ、その人、私より若い恋人を作って、その上、私のときは離婚しなかったのに、さっさと離婚して、その、若い女と結婚しちゃって」

「うん」その話が、よくあるようなことなのか、ドラマチックなことなのか、紀美子には判断がつかない。テレビドラマのようでもあるが、しかし東京に暮らす独り身の女には、よくあることなのかもしれなかった。ばりばり働いてばりばり恋をして、道ッ端で叫ぶような人に、ハルちゃんならなれるのに、と高校生のころに言ったことを思いだした。何それ、頭のおかしい人みたい、と春花は笑っていたのだった。春花はたしかに、ばりばり働いて、ばりばり恋をしていたのだ。きっと道ッ端で叫んでもいたのだろう。

「それでね、キミちゃん、私、その人のこと、呪《のろ》ったの」

「え」

「呪ったの。不幸になれ、不幸になれ、不幸になれって。毎日」

「え」

「こわいでしょ。でも、そうしないと、ちょっとどうしようもなかった」

「じゃあ、あの」あの、もしや、その人が死んだことをたしかめに？　訊《き》こうとして、訊けない。ハルちゃん、それって、道ッ端で叫ぶより、だいぶ濃いよ、と、あのころみたいに茶化せたらどんなにいいだろうと思いつつ、紀美子は言葉をさがす。「あの、ハルちゃんは」

「だから新聞で、彼と同じ名前を見つけたとき、思った。そこまでじゃない！　って。そこまで私、望んでない、そこまでじゃない、どうしようって、こわくなった。自分が放火したみたいな気になって」

「でも知らない人だったんだから」やっと、言葉を押し出す。まだ三時にもなっていないのに、国道沿いの自動販売機も、ラーメン屋の色あせたのぼりも、自転車の老人も、いき交う車の輪郭も、うっすらと橙色《だいだいいろ》だ。

「キミちゃんありがとう。キミちゃんがいなかったら、私、こわくてたしかめられなかった。ここにきても、だれにもなんにも訊けなくて、あの大介かどうかもっとわからなくて悶々《もんもん》としたと思う」

もしかして春花は、自分が榎本春花だと知らないのではなかろうかと紀美子は思う。だれもが、とまでは言わないが、多くの人がその顔を知っている人気料理研究家だと、知らないのではないか。そう思えるほど春花は無防備に見えた。

「でもよかった。って言ったら、別の大介さんに申し訳ないけど……キミちゃん、ほんとありがとう」春花はくりかえす。

駅に着いてしまう。駅前の駐車場に車を入れ、紀美子はエンジンを切るが、春花は降りようとしない。紀美子も降りたくなかった。シートベルトを掛けたまま、前方を見やって、春花が何か言うのを待つ。けれど結局、自分のほうが先に口を開いてしまう。

「ねえ、へんなこと訊くけれども、ハルちゃんってテレビにも出て本も出して、コマーシャルも出てるでしょ」

うん、とちいさな声で春花は答える。

「それ、私たちから見たら、なんか、すごいことじゃない。充実してて、たのしそうで、忙しいんだろうし、やりがいはあるだろうし。少なくとも、お土産物屋でクレーム受けたりしているよりは、ハルちゃんしかできない仕事なわけじゃない」

春花はそれには答えない。ダッシュボードの上に飾ってあるぬいぐるみを見ている。もうずいぶん前、いつか思い出せないくらい前に、夫がUFOキャッチャーでとったもので、全体的に色あせている。

「でも、それなのに、そんなこと、思ったの、つまり、不幸になれ、とかって」

「うん」春花はぬいぐるみを見たまま、うなずく。「思ってたな」

「ハルちゃんは充分しあわせでも？」

「私、私がしあわせになれと願ったんじゃなくて、相手が不幸になれと願ったんだよ。私のことなんか、忙しかろうが、充実してようが、たのしかろうが、そんなことは、関係なかったんだよ」

紀美子ははっとする。春花の活躍を見れば見るほど、自分がそのぶん地味で不幸であるかのように思っていたことに、はじめて気づく。関係ないのに。春花の暮らしと、私の暮らしと、あの一点で分かれていった二つの人生は、まるで関係なんか、ないのに。いや、そもそも、あの一点というのも、錯覚かもしれなかった。春花はただ東京にいく口実がほしかったのかもしれない。春花の恋がうまくいっていても、春花は一年後、二年後、結局あの町を出ていったかもしれない。

高校三年生のとき、春花と紀美子は、同じ人を好きになったのだった。一学期に、教育実習でやってきた大学生である。その町に実家があり、大学を卒業したら戻ってきて教師になるつもりだと、その学生は言っていた。

最初は、二人で、アイドル歌手を追っかけるような感覚だった。先生のここがすてき、ここがかわいい、ここがおもしろいと言い合っては興奮し、好きだという思いを再確認していた。実習を終え、大学生が大学生に戻り、紀美子や春花と以前より距離が縮まり、恋はほんものの恋らしくなった。都内の下宿に戻った大学生は、夏休みはまるまる帰省していて、海にいこう、映画にいこう、勉強を見てくれという紀美子と春花の誘いを断らなかった。紀美子と春花は、もしどちらかが選ばれても文句の言いっこはなし、祝福しようと約束し合った。そんなことができるとは紀美子には思えなかったが、でも、そう約束することで、相手を牽制《けんせい》し、相手の行動を把握しないではいられないのだった。

夏休みの終わりころ、紀美子は告白することにした。告白時は報告すること、なんて約束はしていなかったから、春花には言わなかった。だめでもいいや、というような気分だった。何もはじまらず何も終わらないまま大学生が東京に戻ってしまうのが、いやだったのだ。その告白を、大学生は、受けた。紀美子は高校三年生の夏休み明けに、初体験をすませた。

春花は約束どおり祝福してくれた。結婚式には呼んでね、と笑って言った。まっとうな結婚生活を送れそうな人とまっとうな結婚をして大家族を作るのだ、と語っていた春花は、けれど卒業すると東京にいった。あんなに親しかったのに、連絡は途絶えた。専門学校に通いながら演劇をやっていると人づてに聞いた。そのうち春花の実家も他県に引っ越しをして、同級生たちの口にも春花の名はのぼらなくなった。だから専門学校と演劇とがどのようにして料理研究になったのか、紀美子は今もって知らない。

気づくと、駅前のホテルを包みこむように、空はぶどう色に変わっている。あのとき、春花は思っただろうか。私とあの大学生のことも、不幸になれと。結婚式には呼んでねと笑いながら。

「いろいろ、ありがとう。ごめんね。連れまわして」春花はシートベルトを外しながら、言った。

「やっぱり帰る？　泊まらずに？」

「もし今日、真相がわからなかったら泊まって、明日の午前中までいるつもりだったんだけど、今日、キミちゃんのおかげでちゃんとわかったから、帰ることにする。ありがとう、ほんとうに。今度は、完全な休暇でくるね。っていうか、キミちゃんも東京においでよ。私、案内するしさ」

春花は膝《ひざ》に置いていた赤いコートを着て、ショールを巻きつけ、ロックを外してドアを開ける。冷気が一気に車内に入りこむ。

「ハルちゃん、今もその人のことが好きなの」駐車場を出、駅まで並んで歩きながら紀美子は訊いた。

「まさか」春花はさっきと同じく、紀美子の肩を叩いて笑う。「ずっと前の話だし、今はいっしょに住んでる恋人がいるよ」

「でも、たしかめたかったんだ」何か釈然としないのは、私がだれかにたいしてそんなに強い思いを抱いたことがないからだろうかと、紀美子は思いながら、訊く。

「やあね、もちろんそれだけじゃないよ、キミちゃんに会いたいっていうのもあったし。もしキミちゃんが住んでなければわざわざたしかめるためだけにはこなかっただろうな。だからキミちゃんに大感謝。勝手な都合で申し訳なかったけど、でも、やっぱり会えてよかった。ツイッターってすごいね。切符買ってくる」そう言うと、春花は背を向けて券売機に向かって走った。

キミちゃんが住んでなければ。後ろ姿を目で追いながら、春花の言葉をくりかえし、紀美子はふと、思う。

もしかして。

いや、まさか。春花がたしかめにきたのは、別れた男のことだけではなくて、私のことも、であるはずがない。私が不幸になったかどうか見にきたなんてはずがない。だって、そんなの、もうずっとずっと前の話だ。ナントカ大介さんよりもっとずっと前の。

「ねえ、ハルちゃん、ひとつだけ訊いてもいい」

券売機に紙幣を入れている春花のもとに駆け寄って、紀美子は言った。うん、なぁに、と春花はボタンを押しながら答える。

「そこまでじゃないって思ったって言ったでしょう、さっき。そこまで望んでないって。そしたら、ハルちゃん、どこまで望んでたの、どこまでの不幸ならよかったの」

へんな質問だと言いながら思ったが、春花は笑わず、数秒目を宙に泳がせて考え、

「平凡」と答えた。

「え」

「ど平凡」春花はくり返し、にっと笑った。「腐るくらいのど平凡が不幸って、なんとなく思ってたけど、それも違ったね。だって私、ほんものの松山大介がどこかできっと平凡に生きているって今日知って、心から安心したんだもん」

「平凡じゃないかもしれないよ、波瀾《はらん》万丈かも」

「うん、だからさ、死んでなんかいないで、波瀾でもなくて、平凡に生きていてほしいっていうのはさ、呪いっていうより願いに近いよね。無関係になると、願っちゃうんだね。どっちにしても、その人の人生には届かないって今日、わかったけど。あっ、もうそろそろホームいかないと」

改札を入ったところに掲げられている掲示板を見て、春花は言い、じゃあね、と片手をあげた。

「またくるね、ありがとうね、メールする」春花は早口に言って、背を向け、改札に向かう。改札を入ったところでふり返り、また手をあげて、小走りにホームに向かう階段を下りていった。

春花のいなくなった改札口に突っ立ったまま、訊かれなかったなと紀美子は思う。紀美子の夫があの大学生であるのかどうかを。そうでないとするならば彼とはどうなったのかを。

列車がホームに入る轟音《ごうおん》が響き、神経質に聞こえる笛の音が静けさのなかに響き、そうしてまた、列車が走り去る轟音がする。数人が階段から上がってくる。無表情で改札を出て、左右へと別れていく。

無関係だからだ、と紀美子は至極冷静に思う。フリースジャンパーのポケットに両手を突っ込み、右手で車の鍵《かぎ》をいじりながら、紀美子は改札に背を向ける。まだ五時前だが、もうすっかり暗い。ホテルのネオンサインだけがこうこうとついている。

大学生は、本当に卒業後に戻ってきた。地元の中学の教師になって。予想していたとおり、紀美子は地元の短大に進み、地元の、海産物加工会社に就職し、五年後、元大学生が転勤になったのを機に、結婚をした。千葉の中学校、茨城の中学校と北上して転勤が続き、三年前、別の私立の新設校に誘われて、さらに北の町に引っ越してきた。子どもはできなかった。いや、過去形にすることもないのだが、十年も避妊しないでできないのだから、できないのだろうと紀美子は了解している。きっと、夫も。そういうことを話し合わないことに、もう、慣れてしまっている。

そういう自分の暮らしを、何かし損ねたような、何かふ抜けたもののように紀美子が感じはじめたのは、当然ながら春花を雑誌で見かけてからだ。春花がきたらそんな日々が終わって、広々とした場所に出ていけるようになんとなく感じていたけれど、そう思った理由はなんなのか、紀美子にはわからない。最初からわかっていない。けれど、何も終わってはいないしはじまってもいない、広々した場所に出てもいないのに、どうしたわけだか、紀美子はすがすがしい気持ちだった。不幸になれと呪ったなんて、あなたこそ平凡じゃないのと思い、そして同時にほっとしてもいた。私も願っているのかもしれない。春花が平凡に、私と同じく平凡に、今日を生きてくれていることを。それはもちろん、彼女が有名にならないでほしいということとは違う。有名で、自分とは別世界で、そして平凡であってほしかった。

鍵をまわし、エンジンを掛ける。携帯電話が短く鳴り、紀美子は車を発進させず携帯電話を確認する。春花から、ツイッター経由でないメールがきていた。今日はありがとう、今度は東京でね。そのあとに笑顔の絵文字があった。こちらこそ会えてうれしかった。またね。絵文字を打ち込み、返信する。あ、と思い、紀美子はツイッターにアクセスしてみる。この数時間、春花は何かツイートしているだろうか。幼なじみと会うなう、とか。昔の恋人の行方を調べているなう、とか。

二時間前、ちょうど病院の駐車場にいた時刻に、春花のツイートがあった。

大根おろしのとき出た水分は栄養がタップリ入っているから捨てる必要はないのヨ！

と、あった。その前、六時間前、おそらくこの町に向かう途中で書きこんだのだろうツイートが、みぞれ鍋レシピだったので、それにつけ加えたのだろう。

紀美子は口元がゆるんでいるのに気づく。車を発進させ、国道に出る。私の今のど平凡な暮らしは、もしかしたら春花が願ってくれたのかもしれないな、などと思い、いや、その人の人生にはそんなものは届かないと春花がさっき言っていたなと紀美子は思い出す。他者の思惑など届かないほど頑強なそれぞれの道を、私たちは、いつの間にか歩いている。信号待ちのとき、紀美子は車の窓を開ける。ひんやりした夜気と交代するみたいに、春花のつけていた香水の香りが夜のなかに溶け出していく。大根おろしの水分は、捨てなくていいのかと、紀美子は意味もなく、胸の内でくり返す。

どこかべつのところで

いたずら電話が多いのだろうと庭子は思っていたけれど、そうでもないのは意外だった。ひとり暮らしをはじめた学生のとき、部屋の固定電話にはよくいたずら電話がかかってきたことを考えると、携帯電話の普及に伴って、世のなかは案外まっとうになったんだろうか。電話関係にかぎっては。そんなことも考える。

その日電話をくれたのも、ごくふつうの人だった。声だけ聞けばまだ若い女性。貼《は》り紙の写真とそっくりな猫を、三丁目の十五番地あたり、空き家があるのを知ってますか、そこで見ました、と言う。そこまで細かく住所を告げられたことがなかったので、これは信憑性《しんぴょうせい》があると庭子はにわかに高揚し、住所を書きとめ、今から見にいきます、と言った。

三丁目までどのくらいで着きますか？　と訊《き》かれたけれども、まさか、十五分後に、電話をかけてきたその人がそこで待っているとは思わなかった。住宅街のなかの、そこだけ庭が荒れ放題の、たしかに空き家を思わせる一軒の前で、女性が立っている。雲ひとつない、真っ青な冬の空の下、女性の着ている橙色《だいだいいろ》のダッフルコートが果物みたいに鮮やかだった。

「あなた、さっきの、私、電話の」

庭子を見つけると女性は笑顔で言った。本人は声よりずっと老《ふ》けていたので庭子は戸惑いつつも、

「えっ、あっ、わざわざすみません、きてくれたんですね」

と頭を下げる。

老けているといっても、五十代か、若く見える六十代か、くらいだったけれど、電話の声で庭子が想像していたのは二十代の女性だった。

「ここのねえ」雑草が生い茂った庭を彼女は指す。雑草の奥には玄関と、塗装のすっかりはげた縁側があり、二階にはベランダ、ガラス戸は雨戸が閉まっている。右手には広めの庭があるけれど、雑草ばかりか木や竹がのび放題にのびて、庭というよりちいさな林みたいだ。「あの縁側の下にいたの。ついさっき。貼り紙に、ぴょん吉って名前が書いてあったから、ぴょん吉ちゃん、ぴょんちゃんって呼んだの。そしたらじーっとこっちを見て、しっぽをこう、ぴぴぴんと震わせて。あらっ」女性はびっくり

して庭子をのぞきこむ。

「す、すみません」庭子は突然流れ落ちた涙に自分でも戸惑い、あわてて手の甲で顔をこする。「それ、うちのぴょん吉です。それで」先を促す。

「ぴょん吉ちゃんって呼びながら、そーっとこの門を開けて」女性は言いながら、実際に錆《さび》だらけの門を開ける。「近づいたの、捕まえられるかしらと思って。そしたらひゅんって、この森に。森っていうか、庭だけど」

庭子は雑草と木々と竹で、進入禁止のようになっている庭に無理矢理体をねじ入れて、ぴょん吉、ぴょん吉、ぴょんきっちゃーん、と呼ぶ。顔に、蜘蛛《くも》の巣を破る気味の悪い感触を覚えるが、かまわない。のびる雑草と低木の枝をかき分けつつ、いけるところまで庭子は進む。返事はなく、木々でふさがれた暗い庭に生きものの姿はない。隅に、色あせたベビーバスが捨てられていた。いつまでもそこで猫の名を呼んでいたいが、いないものは、いない。でも、いたのだ、死んでいないのだと、立ち去るあきらめをつけるように思い、庭子は庭を出た。

「うち、すぐそこなんだけど、あなた、お茶でも飲んでいく?」

女性は、庭子のコートに付いた葉っぱやゴミや埃《ほこり》や蜘蛛の巣を取り払いながら言う。あんまりにもみじめに見えるんだろうかと思いながらも、庭子ははいと答えていた。

ひとりでひとりの家に帰りたくなかった。

ぴょん吉は、白に黒斑《くろぶち》のある雑種猫で、五歳である。五年前、離婚するやいなや、動物病院に猫をもらいにいったのである。そこにいつも里親募集の貼り紙がしてあることは知っていた。別れることが決まってからは何度も何度も確認にきた。近所の人が、自分の家で生まれた子猫や拾った猫の里親募集をしているのだった。元夫の引っ越しの日は、きじとらか、真っ白か、三毛か、鼻ちょびか、おつむか、と、貼り紙の写真の猫を順繰りに思い返しては、べつのことを考えないようにした。鼻ちょびは、黒猫で鼻の下に白い点があり、おつむは、白地にベレー帽のような黒い模様があった。

　離婚届を無事出したと元夫からメールをもらったとき、ヨシおつむにしようと庭子は決めた。おつむじゃなんだから、名前だな、名前なんにしよう。了解しました、ありがとうございましたと打ち、読み返し、ありがとうございましたを消去して返信した。ぴょん吉はどうだろう、ずっと昔、再放送か何かでやっていたテレビアニメの、主人公と一心同体の平面ガエルみたいに、ずっといっしょに生きていくんだ、これから。そうだ、ぴょん吉。おつむはぴょん吉。くり返しながら部屋を出て、そのまま動物病院にいった。

三日後、動物病院で、近所に住む中年女性からちいさな猫を譲り受け、その場で健康診断とワクチン注射をしてもらい、買ったばかりのキャリーバッグに入れて夫のいないマンションに庭子は帰ってきたのだった。

自分からの希望ではなく離婚して、マンションを譲ってもらって、四年ぶんの記憶の残った3LDKで、猫と暮らすって、冷静になればちょっとやりすぎだと思うだろうなと、頭の隅で考えたけれど、だから猫は飼わずにひとりで暮らす、なんて選択肢はそのときの庭子にはなかった。余裕もなかった。やりすぎぐらいがちょうどいいのだと思った。まだ三十二歳、とは思わなかった。もう三十二歳、と人生終盤にさしかかったような暗い気分だった。

専門雑誌で何が必要か読み、庭子ははじめてペットショップに足を踏み入れ、猫グッズを買った。ひとりぶんの荷物がなくなり、やけに広く感じられる部屋は、猫のトイレや食器を置いただけで、まったくあたらしい場所になったように見えた。そう、こういうことが私には重要なのだと、まだ猫のいない、猫グッズの点在する部屋を眺めまわした。

健診とワクチン後、キャリーバッグのなかの猫に、ぴょん吉、ぴょん吉と呼びかけながら庭子は帰った。部屋に着き、キャリーバッグから猫を出すと、猫は知っているかのような足取りでまっすぐ食器のある場所に向かい、入れてあったドライフードをかり、かり、とちいさな音をたてて噛《か》んだ。

あのとき一度も泣かずにすんだのは、落ちこまずにすんだのは、世を恨まず元夫を呪《のろ》わずにすんだのは、すべてぴょん吉のおかげだと庭子は今でも思っている。文字どおり、庭子はぴょん吉に救われたのである。それから五年たった今も、庭子は、ありがとうね、ぴょんきっちゃん、ここにきてくれて本当にありがとう、と言いながら猫を撫《な》でることがある。

女性は、表札によれば依田《よだ》さんというらしかった。空き家から二ブロックほど歩いたところにある一戸建てが彼女の家らしく、門を開け、車のない駐車場を進み、玄関に鍵《かぎ》を差し入れた。新しくはないがこざっぱりと趣味のいい二階建てだと思いながら、庭子はあとに続いた。

外観と同じく、部屋もこざっぱりとしていた。余計なものは何ひとつ置かれておらず、壁にはエッチングが掛かっている。廊下の左に、駐車場に面したリビングルームがあった。ソファを勧められ、庭子は座る。他人の家のにおいを思いきり吸いこむ。

「今お茶入れますね、あ、私依田です、依田愛、愛は愛するの愛」キッチンに向かい

ながら彼女は言い、

「おかまいなく、私は幅木庭子です」

と自分も名乗る。にわこさん、と依田愛は独りごち、言った。

「あそこね、すごいじゃない、おうちのほうはあれだけど、ほら、庭が。あっ、あなた庭子さんっていうのよね、庭はお庭の庭よね、貼り紙で見たわ、そういえば。ふふ。……なんだったかしら、ああ庭、あの庭、なんだかすごいことになっちゃって。あそこで、ハクビシン見たって人もいるのよ。狸《たぬき》も。でもそれ、おんなじどっちかの動物じゃないかしらって思うの」

お盆にのせたティーカップを、依田愛はソファテーブルに置く。小皿にクッキーものっている。庭子の座ったソファの、斜め横にあるひとりがけのソファに座り、どうぞ、と勧め、いただきます、と庭子は頭を下げる。

「お仕事、何されてるの？　昼間おうちにいるってことは主婦とか？」

「あ、いえ、独身ですし今日お休みなんで……サービス業です」

「ああ、お店屋さん、あらそうなの、何屋さん？……って、訊きすぎよね、ごめんなさいね」

「いえ、あの、デパートです、内勤ですが」

「あら、そうなの、へぇぇぇ。えっと、そうじゃない、なんだったかしら。あ、そうそう、庭よ、庭子さん。ふふふ。だから、あそこには何がいるかわからないのよ。庭子さんの猫も、あそこに居着いてるかもしれない」

「でもさっきはいませんでした」

「でもいたもの。夜になったらあそこで集会をしているかもしれないし。実際、あのあたり、猫はよく見るの。ここまで十五分ってことは、おたくは一丁目かしら、それとも南口？　ともかくうちのほうが近いわよね。私、ちょくちょく見にいきます」

「ありがとうございます」

庭子は頭を下げる。また、泣きそうになる。

「あの貼り紙、よく見ていたの。あなた、あれひとりで貼ったの？　えらいわねえ。目立つし、こんなに鈍い私でも、あっ、ぴょん吉、って思ったくらいだから、写真もよく撮れているのよね」

依田愛が、なぐさめるように続けざまに褒めるので、こらえていたのに庭子の右目からまた水滴がしたたり落ちる。

「あらあらあらあら、やーだ、いたんだから、まだ生きてるのよ。しっぽをぴぴんってあれ、お返事でしょ？　猫を飼ったことがないからわからないけれど、ぴょん吉ちゃん、はーいってわけでしょ？」

「そうなんです、こう、ぴぴぴんって震わせるの、あれ、返事なんです」

そこまで言って、たまらず、庭子は膝《ひざ》に顔を埋めるようにして声を殺して泣いた。なんであのとき、よりによってあのとき、窓を開け放していたのか。網戸を閉めていなかったのか。この三カ月、何千回、もしかしたら何万回、くりかえしてきたことが、またよみがえる。

背中にやわらかい感触がある。依田愛がゆっくりと背を撫でているのだと気づく。初対面の人の家で泣いていることの恥ずかしさが、ゆっくりと消えていくかのような感触である。

「すみません」庭子は膝に顔を埋めたまま、言う。くぐもった声は、ずびばせん、と響く。差し出されたティッシュ箱から遠慮なくティッシュを抜き取り、鼻をかむ。

「室内飼いの猫で、外に出たこと、なくて。いつも注意していたんです。自分から逃げ出すような猫ではなかったけれど、でも万が一のこともあるし、ドアや窓を開けっ放しにしないよう、ずっと気をつけていたんです。なのに、なのにあのとき」

見ず知らずの人に、いきなりこんなに話すのもどうかと思いながら、庭子はやめることができない。依田愛も興味深げに聞いていて、なおのこと、やめられなくなる。

ぴょん吉はおっとりした性格で、でも、鷹揚《おうよう》というのとは少し違って、甘ったれでがっついていないけれど、ビビリ屋である。家の外に出ないからか、反射神経や瞬発力みたいなものが、ない。あったとしても、間違った方向に発揮される。動物病院で血液検査のための注射をしたときは、驚いて診察室を飛び出て、待合室にいた大型犬目指して走り、吠《ほ》えられておしっこを漏らしていた。

驚いたり、怖がったりすると、ともかく、そんなふうに想定外の行動に出ることはわかっていた。わかっていたから、あの日はとくに注意しなければならなかった。わかっていたのだ。

やっぱり今日みたいに仕事が休みの平日、午前中にあたらしい洗濯機が届くことになっていた。ずっとほしかったドラム式洗濯乾燥機である。インターホンが鳴ると、ぴょん吉はいつものとおりソファの下に隠れた。配送員は、背の高い若い男性と、相撲取りに負けないほど巨漢の中年男性だった。二人は陽気に言葉を交わし、庭子にも話しかけながら、古い洗濯機を撤去し、あたらしいドラム式を設置し、さらに、排水がうまくいくか、試運転までしてくれた。まったくありがたいのだが、ぴょん吉がさぞやこわがっているだろうと庭子は思いながら作業を見守っていた。縦と横に大きい男性二名が重たい洗濯機を運ぶので、振動が大きかったし、男性たちの野太い笑い声も、慣れていないぶん、猫はおそろしいだろう。試運転が終わると、二人は作業終了確認のサインを求め、帰っていった。急に家のなかが静まりかえった。

ソファの下をのぞいたが、ぴょん吉はいない。急に不安になった。浴室やクロゼット、ベッドの下、隠れそうなところを見てまわる。いない。もしや、と庭子は思った。もしやさっきの配送員が、玄関の戸を開け放しにした時間が長かったのではないか。洗濯機を運び入れるあいだ、ずっと開けていたのではないか。なぜ確認せず、彼らと陽気に言葉など交わしていたのか。

庭子は靴下のまま玄関の外に出、階段や廊下を見た。いない。ぴょん吉、と呼んでも返事もない。いったん部屋に戻り、東側に面した窓を開けて身を乗り出し、階下を見た。芝生敷きの敷地が少しあり、隣は平屋建ての民家である。いない。南側に面したベランダに出て、また、階下を見下ろす。こちらは商店街のアーケードがあり、二車線の道路が走っている。ぴょん吉はいない。きっと予想もしないようなところに潜んでいるに違いない、うちから出ようとしたことは一度もないのだから、と自分に言い聞かせながら部屋に戻ると、今し方確認した東の窓辺に、ぴょん吉がいる。窓が開いたままになっている。ぴょん吉の背景に、あざやかに青い空が広がっている。

あ、いた！　と安堵《あんど》するのと、しまった、窓！　と思うのと、同時だった。気持ちが焦《あせ》り、ぴょん、と手をのばしたときに、するりとぴょん吉は窓から外に消えた。あわてて下をのぞきこむ。芝生に着地するやいなや、ものすごいスピードで駆けだしてその姿は見えなくなった。一瞬だった。庭子はあわてて外に出て、日が暮れてもさがしまわった。

「わかっていたのに、知らない人がやってきて部屋が揺れて、いつもよりこわがっているから気をつけなくちゃってわかっていたのに、どうしてよりによって、あのとき、あの窓だけ開けっ放しにしたんだろうって、もう何度も何度も」

庭子は言って、紅茶に手をのばす。

　その日、夜の九時過ぎまでさがしまわったが、ぴょん吉は見つからなかった。庭子はすぐに猫をさがす貼り紙を作り、あちこちに貼ってまわった。翌日からぽつりぽつりと電話がきた。心配していたいたずら電話はなく、若い声の女性、ハスキーな声の男性、老けた声の女性、子どものような声、みんな、どこそこで見たと律儀《りちぎ》に教えてくれる。住所がおぼつかない人や、あきらかに違う模様の猫について教えてくれる人もいたけれど、一様に心配してくれているのがわかった。見つかるといいですねと何人かが言ってくれて、庭子はそのたびに涙をこらえて礼を言った。保健所にも電話している。ぴょん吉らしき猫が保護されたとはまだ一度も聞いていない。

「なんだかすみません、こんな話を、長々と」

庭子はふと我に返って、依田愛に頭を下げた。窓の外は明るいけれど、部屋のなかはけだるい感じに薄暗く、時計の針の音が響いている。この人こそ何をしているのだろうと庭子は思う。一日、ここで時計の音を聞きながらこの家にいるのだろうか。

「いえいえ、いいのよ、わかるもの」

依田愛は庭を見やって言う。「わかるもの」くり返す。「あのとき、どうしてああしちゃったんだろう。あと五分、ううん一分、三十秒だっていい、一瞬でもずれていれば、あんなことにならなかった、って」

この人も猫に逃げられたのだろうかと、庭子は思わず部屋のあちこちに目を走らせる。猫のおもちゃやトイレといったものがあるような気がして。そうして庭子は、ぶしつけにあちこち見たことを深く後悔する。肩越しに見やった、リビングの奥の和室でひときわ鮮やかな色が目に入り、目をこらしてそれが仏壇だとわかったからだ。庭子の実家にあったような箪笥《たんす》ほども大きなものではなくて、鏡台よりもちいさな仏壇で、黄色やピンクの、庭子の名の知らぬ花が飾ってある。今までは気がつかなかったのに、見てしまうと、それはとたんに存在感を持ち、背を向けても花の色の鮮やかさや、それがかえって浮かび上がらせる仏壇の奥の暗さがまぶたにはりついたように見

えてしまう。ああ、気づくのではなかった、と瞬間的に思うのと同時に、

「猫じゃないのよ」

　庭子の考えを読んだかのように、依田愛が言う。「ねえ、私も話していい？」立ち上がり、台所にいく。「息子なのよ、うちは」

　依田愛がこちらに背を向けて作業しているあいだ、庭子はそっと振り返ってまた仏壇を見る。目をそらす。庭を見る。空は澄んで青い。

「重たい話で悪いんだけど」

　依田愛は、重たい話をしているふうではなく言って、あらたにいれた紅茶をソファテーブルに置いて、座る。

「息子は二十三歳で、働きはじめて一年目だった。高校のときは悪い時期もあったけど、大学いってからわりとちゃんとして、就職してはじめてのボーナスには私と夫にお鮨《すし》おごってくれたのよ。南口の回転寿司だけど。そのとき恋人がいたのかわからなかったけど、いなかったんじゃないかな。お葬式にお友だちは大勢きたけど、そういう女性はあらわれなかったから。名乗らなかっただけで、いたのかもしれないけれどね。ひとり暮らしをするつもりだってお金を貯《た》めていたから、もしかして、外泊したりさせたり、したい女性がいたのかもしれない」

口元にうっすらと笑みを浮かべて依田愛は話す。庭子はティーカップを手にはしたが、口をつけず、ただ膝に置いていた。

「その日の朝、息子はよくわからないけれど仕事の関係で、急いでいたの。朝ごはんをいつもは食べるんだけど、そのときは、いらないからって出かけようとしたの。いつもより三十分くらい早い時間に。それでねえ、私、おにぎりだけでも持っていきなさい、三分で作るからって、急いでおにぎり作ったのよ、梅と明太子《めんたいこ》。実際にかかったのは、六、七分」

依田愛が言わんとしていることが、庭子にはすでにわかった。おにぎりなんて作らなければ、六、七分待たせることをしなければ、あそこに仏壇はなかったのだ、きっと。

三カ月前から今日まで、毎日毎日、どんな瞬間も、あの、ぴょん吉がすっと消えたあとの、ぽかんと開け放たれた窓が心に思い浮かぶ。それと同様、どのくらいになるのかわからないけれど、この人もきっと毎日毎日、そのときのことをあざやかに思い返しているのだろうと庭子は思う。庭子の心に浮かんだのは、おにぎりだった。のりを巻いた、うつくしい三角形のおにぎり。

依田愛は、庭子の予想通りのことを言った。

「乗ったバスが事故を起こしたの。玉突きの。大勢乗っていたんだけれど、亡《な》くなったのは運転手も含めて四人。たった四人のうちの、ひとり」

予想してはいたけれど、言葉で聞くとやはり衝撃的だった。庭子の心に、また、おにぎりが浮かんで消える。見たかのように。

「あのとき、そんなもの作らなければ、一本でも二本でも前のバスに乗れたじゃないかって、もういやんなるくらい思って」

依田愛は笑う。自嘲《じちょう》の笑みでも、気遣いの笑みでもないことに、庭子はほんの少し安堵する。

「みんな、言うの。六、七分なんて関係ないって。そんな数分、早く家を出たにしたって結果は同じだったろうって。なぐさめようとしているのではなくて、本当にそう思って言っていることがわかるの。でもだったら、本当に、おにぎりなんて待たずにいってくれたほうがよかった。そしたら事故で息子を失ったことを、ただ純粋にかなしむことができるんだもの」

車のない駐車場は、コンクリートに飾り模様のタイルが埋めこんである。隙間《すきま》から雑草が伸びている。車も自転車もなく、いくつかの鉢植えがある。花の出ているものも、出ていないものもあった。整然として、ごみなど落ちていないのに、急に殺伐とした光景に見えるのは、今の話を聞いたからだろうかと庭子は思う。かつてここに、何か置いてあったのだろうか。バイクか自動車。

「夫はもともとあんまり家のことに熱心でもなくて、会話も減っていたんだけれど、そのことで私があんまり落ちこんで、見ていられなかったんでしょうね、家を出ちゃってね。苦しんでいる人間の近くにいて苦しくなるのはわかるけど、でも、それでも夫婦じゃない。支え合っていけるかなと思ったんだけど、無理だったわねえ」依田愛は、もはや庭子にというよりも独り言のように話している。そのことに気づいたのか顔を上げ、庭子を見て笑い、

「ごめんなさいね、もう十年近くも前の話なのに」

というので庭子は驚いた。この人は、十年近くも毎日毎日、おにぎりを思い浮かべて自分を責めているのか。人というのはいったいどのくらいまで我慢強いものなのだろう。

「別居も十年ですか……」

思わず口を突いて出る。

「別居はね、ずっとしていたんだけれど二年前に夫は亡くなったの。病気でね。別居先に面倒見てくれる女性がいたから、よかったと思うわよ。あの人のためには。私に

とっても。少なくとも、そのことでは自分を責めなくてもいいから」

　秒針の音が大きくなる。駐車場の向こうに広がる空は、ほんの少し紫じみている。もうそろそろおいとましなくてはと、その色に気づかされるが、依田愛はまだ話し続ける。

「あのおにぎりが私の人生をすべて変えたわ。もちろん、息子のことも、夫のことも、別居のことも、そのほかのいろんなことも、おにぎりとは関係なんかないのかもしれない。でもね、つなげればつながってしまうの。私にはどうしても、おにぎりがすべてのことをドミノ倒しみたいに変えていったようにしか思えないの。私、人生を変えるものって仕事とか転勤とか、結婚とかそういう、重大なできごとかと思ってたけど、違うのよね、おにぎりだって充分人生を変えるのよ」

　駐車場を見やって依田愛はしみじみと言い、

「ごめんなさい、すっかり話しこんじゃった。しかも、こんな暗い話。あんまり引き留めてもあれよね」

　そこに庭子がいることにあらためて気づいたかのように、言う。

「いえ、話してくださって、ありがとうございます。私も話を聞いてもらってうれしかったです。本当の気持ちです。でもそろそろおいとましないといけませんよね」

「ねえ、私駅前までお買いものにいくから、途中までいっしょにいきましょう」依田愛は立ち上がり、ダイニングテーブルの椅子《いす》の背にかけていた橙色のコートを手に取った。

仏壇に手を合わせたほうがいいのか庭子は迷ったが、心のなかでそうするだけにした。こういうことにかんしては、いつまでも子どもみたいでいやになる。

買いものはいつもどこでしているか、野菜は八百新より北口の須和商店のほうがぜったいにいいとか、駅前のスーパーの総菜は買ってはだめとか、依田愛とそんな話をしながら靴を履き、家を出る。玄関の戸が閉まる瞬間、庭子は振り返った。他家のにおいのする空間の、ずっと止まったままの時間が見えた気がした。笑い声と、テレビの音と、足音と、料理のにおいが濃縮された時間が、玄関のあたりに凝固して、浮かんでいる気がした。

「ねえ、こっちのほうが近いけど、さっきの空き家の前を通っていきましょう」依田愛は言って、元きた道を歩きはじめる。

まだ四時を過ぎたくらいなのに、住宅街の、門や屋根や、庭先に植えられた木々の輪郭が金色に光っている。犬を散歩させている女性とすれ違う。庭子はつい、犬を見てしまう。野良猫《のら》が横切ると、つい、目をこらしてしまう。犬も野良猫も、もちろんぴょん吉ではないと一目でわかるのに。隣を歩く、この女性もそうなんだろうなあと自然に思う。三十代とおぼしき男性を見れば、つい、じろじろと見てしまうに違いない。

ぴょん吉のことはひたすらかなしく、自分の行動がひたすらうらめしく、もし、この先ぴょん吉に何かあれば、さらに倍増するそのかなしみと後悔を背負いこむのだろうと、ずっと庭子は考えていた。今、隣を歩く女性は十年近く、それを背負って歩いているんだと考える。人の不幸を知って自分の不幸を軽減する錯覚を得るのとはまったく異なる、安心感にも似た気持ちがあふれる。もちろんそれは安心感ではない。けれど庭子はその気持ちをあらわす言葉を知らない。

猫と息子ではまったく重みも大きさも違う。でもたぶん、この女性は、ぴょん吉が見つかったと知ったら、我がことのようによろこんでくれるだろう。そしてもし、ぴょん吉が見つからなかったら、あるいはもっとかなしい事実が待っていたとしたら、この女性はやっぱり自分のことのように泣いてくれる。どちらも、自分のかなしみと比べることなく、そうしてくれる。私もたぶん、この女性のかなしみを思い出すたびずっとかなしむだろうと庭子は思う。かなしみも後悔も、一ミリグラムも減ることはぜったいにないけれど、大きさの違いではない、重さの違いでもない、ただ、それを背負ってしまったという一点で、こんなふうに見知らぬ人と共鳴し合える。そのことが、こんなにも気持ちをあたたかくさせることを、庭子は知る。

さっきのぞいたばかりの空き家の前で、庭子と依田愛は並び、なかをふたたびのぞきこむ。庭にひそんでいたらしい雀《すずめ》がいっせいに飛び立つ。

「ニャオオオオオウ」

突然、依田愛が素《す》っ頓狂《とんきょう》な大声を出すので、庭子はびっくりする。

「だめかしら、逃げちゃう？」依田愛は真顔で訊く。

「もっとちいさい声のほうがいい……かも……」庭子は言いながら、図々《ずうずう》しいことを言ったかと不安になる。けれど、

「ニャオーーーーウ」

依田愛は今度は声をひそめて鳴き、

「ありがとうございます」

頭を下げたら鼻の奥がつんとして、庭子はあわてて、ずず、と洟《はな》をすする。

「まあ、気長に待ちましょう」

ハクビシンの気配も猫の気配もなく、依田愛と庭子はまた、並んで歩き出す。目の前の空は紫とピンクと橙のまじった色をしている。

「おにぎりの日からね、私、二人になったみたいな気持ちでいるの」住宅街を歩きながら、依田愛は唐突にさっきの話に戻った。「ひとりは、おにぎりを作った私。もうひとりは、おにぎりなんて作らなかった私。おにぎりなんて作らなかった私も、あのときから年齢を重ねているのよ。ひとり暮らししている息子に電話をしすぎてうるさいって怒られて、私はスポーツクラブに入会して毎日通って、うまくいかない夫となんとか関係を修復しようとして、夫の退職祝いには息子が少し援助してくれて、二人で旅行にいくのよね。三年前には息子が結婚したいと恋人を連れてきて、これがまあ、きっつい女でね。でも反対するのもなんだし、まあ、息子はぼんくらだからちょうどいいかもと思って応援して。一年後に結婚式。といっても、ちゃんとした式は挙げずに、六本木のどっかのお店でパーティだけ、親や親族は呼ばれない。ぜんぶ嫁の言いなり。夫はべつに、そういうのはまったくかまわないと言うわけよ。かまわないんじゃない、どうでもいいと思っているだけなのに」

依田愛の話はどんどん具体性を帯びてきて、本当にそういう女性がいそうなほどに庭子には思えた。と、いうより、今となりにいるのがその女性で、愚痴を聞かされているような気にすらなった。

結婚後、息子夫婦はマンションを購入、頭金の援助は双方の親がしたのに、マンションの場所はなぜか嫁の実家近くの千葉。友だちの孫話をさんざん聞かされて、孫をたのしみにしていたのに、いきなり子どもは作らない宣言をされ、ひどくショックを受ける。新聞の悩み相談に投書し、採用されるが、答えは「若い夫婦のことは彼ら自身にまかせ、自分の人生を生きよ」。干渉しすぎだと夫と息子にまで言われ、スポーツクラブに精を出し、女友だちと国内旅行をくり返す。今は、都内にあらたに墓を買うかどうか、地方出身者同士、夫と話し合っているところ、と言って、依田愛は庭子をのぞきこみ、声を上げて笑った。失礼かもしれないと思いながら、あまりにもおかしそうに依田愛が笑うので、庭子も思わず笑ってしまう。

庭子も、「あのとき窓をちゃんと閉めた自分」を思い描いては、いた。そうすると意識しなくとも、勝手に思い浮かんでしまう。今までどおり、仕事から帰ってぴょん吉に迎えられて、ごはんをあげてぴょん吉といっしょに眠っている自分。だから依田愛の話はわからないでもないのだが、妙にリアルなのがおかしかった。だって、もうひとりの依田愛は、さほど幸福そうでもないのだ。どうせ思い描くなら、理想の嫁がきて、かわいい孫がすぐ生まれて、二世帯同居になって、と、思い通りにすればいいのに、と思うと、やっぱり笑いがこみ上げてきてしまう。

「なんていうか、そっちのもうひとりも、なかなかにたいへんですね」

庭子は思ったままを口にした。

「そうなのよ。だって、生きているから」依田愛は、さっき猫真似《まね》をしたときと同様にまじめな顔で言い、「どこかべつのところで」と、つけ加えた。

角を曲がると線路が見えて、住宅街のなかにぽつぽつと店が増えてくる。コンビニエンストアや、隠れ家風の飲食店や、自転車を売る店。どこにも自分の貼った貼り紙がある。今のは、改訂版だ。ときどき、ほかの迷い猫の貼り紙もある。もう写真も判別できないほど色あせたものは、見つかったのだろうか。

頭上だけ残して空は、淡い青に染められつつある。家々の屋根に近い部分はすでに紺色だ。

「きれいね」依田愛が言うのを合図のように、線路を銀色の電車が通っていく。まるで一本、線を描くように。

「本当ですね」庭子はうっとりとその線の残像を見つめて、言う。

「あらあなた、おうちどこだったっけ。こっちのほうまできちゃっていいの」

「あ、私もどうせなら、買いものしていこうと思って。駅までいっしょにいきます」

「お夕飯、何にするの」まるで昔からの友人のように依田愛が訊く。

「うーん、作るのは面倒だから、総菜にしようかな。お弁当屋さんにしちゃうかも。

依田さんは何にするんですか」

「私は作るわよ。メインはね、塩麴《しおこうじ》に漬けた鯖《さば》があるからそれにして、あとは何か煮物ね。南瓜《かぼちゃ》もいいけど重いから、蕪《かぶ》と油揚げにしようかな。卵もおやつも買っておかなくちゃ」

「もうひとりの夕食は、なんでしょうねえ」

つい、自分も古い友人のような気持ちになって、庭子はそんなことまで言ってしまう。しかし依田愛は、その質問に間髪を入れずに答える。

「減塩味噌汁《みそしる》に、豆の煮たの、おからのハンバーグ、蒸したきのこの大根おろしがけ」

「すごい」思わず言うと、

「夫が糖尿病で、食べられるものもそう多くはないのよ」依田愛は眉間《みけん》にしわを寄せて言う。

人通りが多くなる。学生服の男の子たちは自転車で走り去り、犬を連れた人の姿も増え、早くも仕事を終えたような人たちとすれ違う。

「いつか、会いたいと思いますか、もうひとりに」

依田愛はこれには即答しなかった。訊いてはいけないことを訊いてしまったかなと庭子は心配になる。けれどただ、その答えを考えていただけらしい。

「うーん、会いたい、会いたくないにかかわらず、会うような気がするわ。それで、ねぎらい合うの。まあまあ、あんたもたいへんよね、いや、おたがいさまよ、って」

ふふふ、と依田愛は笑った。

住宅はとうになく、道沿いには商店やビルが並ぶ。薄い色の夜に、明かりがはじけはじめる。遠かった線路もずいぶんと近づいている。人通りはますます増える。

「じゃあ、私、商店街にいくから」今通ってきた道から垂直にのびる商店街の入り口で立ち止まり、依田愛が言った。「いろいろとありがとう、話も聞いてくれて。あそこは通り道だし、ご近所さんにも言っておくし、何かあったらすぐに連絡します」

「そんな、お礼を言うのはこっちです。お邪魔までさせてもらって、ごちそうになって、ほんと、ありがとうございます。よろしくお願いします」

つい今しがたまで、つきあいの長い友人のようだったのに、そうして頭を下げあっていると一瞬で見知らぬあいだがらに戻ったように庭子には感じられた。

「きっと、見つかるわ」

手をグーのかたちにして顔の横で振り、依田愛は背を向ける。

あなたもきっと、もうひとりに会えますよと言いたかったけれど、言わず、もう一度、庭子は依田愛のうしろ姿に深くお辞儀をする。そして心のなかで、つけ加える。もうひとりの依田愛より、私はあなたのほうが、ずっとずっと好きだと思う。だって、もうひとりはきっと、ぴょん吉のことなどかまってくれなかっただろうから。

絶対買うなと言われたことを思いだして、スーパーではなく、個人商店で総菜を何品か買い、明日の朝食をパン屋で買い、酒屋でビールを買って、庭子は家に戻る。

まっすぐ戻ることはせず、あの空き家に向かう。住宅街はすっかり夜のなかで、家々の窓が橙色や白に浮かび上がっている。魚やごま油のにおいがときどき漂う。場所はもう覚えていた。空き家の前に立つ。街灯の光が家の輪郭を照らしてはいるが、ひとけがまるでないからか、ひたすら暗く感じる。荒れ放題の庭はさらに暗い。生きものの気配はない。

「ニャオオオオオウ」

庭子は、依田愛の真似をしてみる。返答はない。

「ぴょんきっちゃん」

呼んでみる。もちろん返答はない。

そういえば、離婚したときは、離婚しなかった自分を思い描いたりはしなかったな、と暗闇《くらやみ》に目をこらし、庭子は思い返す。ぴょん吉がすぐやってきたからだろうか。いや、きっとそこに後悔がないからだろう。取り返しのつかない、たったひとつの決定的なできごとがあったわけではない。おにぎりを作ってしまった、とか、一瞬窓を開け放してしまった、とか。自分の起こした、そうしたひとつのできごとが原因であるのならば、もしかして、もうひとりの庭子はべつのどこかで暮らしていたのかもしれない。夫の携帯電話をこそこそとチェックし続け、夫の恋人なんて見つけず、愚痴を言いながら朝早く起きて仕事にいき、なんで共働きなのに家事しないのと酔って夫にくってかかり、いらないとは言い合っていたけれど二、三年後に出産し、子育てに追われ、一年後復職し、仕事と家事と育児とがキャパシティをはるかに超えて、もう離婚だ離婚と騒いで、でも離婚なんてしないで――もうひとりの依田愛同様、ぱっとしない人生を送っているもうひとりの庭子。でも、五年前のできごとに、後悔すべきたったひとつのことはなかった。もちろん、夫だった男が年若い恋人を選んだときは、もう少し外見に気を遣うべきだったとか、酔ってがみがみ言うべきではなかったとか、ちゃんと二人の時間を作るべきだったとか、何かしら思いはした。でもそれは、決定的なことではない。そして、結果を導いた原因でもない。

そんなことを思い、庭子は後悔の重さを知る。もちろん、添い遂げると一度は決めた人と別れることだって、重かった。けれどその重さは薄れる。「あれをしなければよかった」、思い返すその一点がないからだ。庭子は未《いま》だに、洗濯機がきた日の細部を覚えている。日に日に濃くなる。揺れるレースのカーテンや、のぞきこんだベッドの下や、靴下で出たときの外廊下の感触、それらは、遠ざかるどころか、薄れるどころか、この先どんどん近く、濃くなっていくだろう。そしてどこかで生きている、窓を開けなかった自分も、きっと消えずに居続けるだろう。後悔という、ひとつの点に幾度も幾度も私たちは戻るのだ。

今まで猫を見たと電話をくれた何人かの人たち、会ったこともない彼らも、もしかしたら、そんなふうに苦い一点をひそかに持っているのかもしれない。

がさり、と雑草が動いた気がして、思わず門を両手でつかむ。驚かせると逃げてしまうととっさに思い、ぴょんきっちゃん、とちいさく呼ぶ。返事はない。おいで。もう一度言う。雑草の動きが止まる。動いたように見えたのは、気のせいかもしれない。けれど暗がりで息をひそめ、しっぽをぴぴぴんと震わせる猫の姿が思い浮かんで、庭子はその場を離れることができない。がさり、と音がして、庭子はぴょん吉をとらえるべく姿勢を低くする。暗闇から何かが飛び出してきて、ものすごい勢いで庭子のわきをすり抜ける。はっと振り返ると、猫は猫だが、ぴょん吉ではない、野良らしい黒猫だった。すー、と長い息が漏れる。ぴょん吉ではない猫だったが、闇に消えた猫の残像を見つめて庭子は安堵する。実際に、ここに猫がいるのである。ぴょん吉が無事かそうでないかとはまったく関係ないのに、そのことに深くなぐさめられる。

庭子はようやく意を決して、その場を離れる。

このごろいつもそうしているように、マンションの周囲をぐるりと歩いてから、自分の部屋に向かう。どこにもぴょん吉の姿はないし、ドアを開けても走り出てはこない。明かりをつけて、手を洗い、総菜を皿に移して夕食にする。

不思議な一日だった。お辞儀をしたとたんよくは知らない人に戻ってしまった依田愛の家にいき、紅茶を飲んだり、息子の話を聞いたりしたことが、どこかつじつまの合わない夢に思えた。けれどそんなふうに現実味のないなかで、依田愛が戻る一点、どんどん濃くなるその日の光景だけが、まるで自分の体験したことのようにありありと自分の内に在った。

携帯電話が鳴る。どきりとする。箸《はし》で挟んでいたプチトマトがテーブルに落ちる。ソファに投げ出した鞄《かばん》にあわてて手をのばし、携帯電話をまさぐる。

どこか、見知らぬ町の夜を、まるで隅々まで知り尽くした庭のように、颯爽《さっそう》と走っていく猫の姿が鮮明に浮かぶ。鳴り続ける携帯電話の通話ボタンを押し、はいっ、と庭子は、思いの外大きかった自分の声に驚きながら、相手の声に耳をすませる。猫は立てたしっぽをぴぴぴんと震わせながら遠ざかっていく。でもその光景は、今、庭子を不安にはしない。携帯から流れる、あの、猫の貼り紙を、という、見知らぬ人の声を庭子は聞く。

解説

佐久間文子

なんて潔《いさぎよ》いタイトルだろう。このど直球は二葉亭四迷以来か。まっすぐに伸びて手のひらの真ん中にすっぽり収まり、見かけよりはるかに持ち重りがする。その人の年齢や境遇によって受け止め方も違ってくるはずだ。

この本に収められた六篇は、舞台も設定も異なる独立した短篇だが、登場するのはいずれも特別なところのないごく普通の暮らしを営む人々で、彼ら彼女らの考える「もうひとつの人生」というものが共通項としてある。人生の岐路に立ったとき「選ばなかったほう」が、あるときは主題となりあるときは脇筋《わきすじ》となって、さまざまな形で小説の中に変奏される。

巻頭の「もうひとつ」では、どうしようもない夫との破綻《はたん》した結婚生活を続けるこずえが同じく既婚者である恋人と、旅先のギリシャでかりそめの結婚式を挙げようとする行為に象徴される。

　こずえと栄一郎は、二三子《ふみこ》と正俊《まさとし》夫婦の年に一度の旅行に強引にくっつく形で自分たちの旅行を実現させる。にもかかわらず、何度も大喧嘩《おおげんか》し、友人夫妻に偽《にせ》結婚式への協力を求める。なかなか感情移入しづらい、はた迷惑なカップルである。

　けれども、「もうひとつの人生ってのがあるって、信じてみたいんだよ」と二三子に訴えるこずえの声には、切実なものがあって耳を傾けてしまう。「私は今ここにいて、私の人生らしきものを生きていて、ここからはもう出られないと思ってる。出てしまったらもう自分の人生ではないと思ってる。でもそうじゃない。今いるところから出れば、きちんともうひとつ、私の人生がある。そう思いたいの」

　友人の結婚生活を「同情するにあまりある暮らしぶり」と見ていながら、二三子はさほど同情的にも見えない。たぶんそれは、「ここからはもう出られないと思ってる」こずえの人生が、彼女自身が選びとったものだとどこかでわかっているからだろう。こずえたちとの旅を通して、今の生活に何も不満を感じていないはずの二三子が、自分の中に眠っていた「もうひとつの人生」への思いに目を向けることにもなる。ピタリと目を据えて、何かを引きずり出すように二三子の心が動的に描かれる。

六篇の中で最も「同情するにあまりある」登場人物は、「月が笑う」の泰春《やすはる》である。妻に唐突に離婚を切り出され、どうやら新しい男がいるらしいこともわかってくる。さらに追い打ちをかけるような仕打ちを受け、「なんでおれがこんな目にあわなきゃいけないんだよう」と泰春は嗚咽《おえつ》する。「なんで」の理由は、たぶん、ない。

ここでは「もうひとつの人生」は泰春の母が思い出を語る中に出てくる。「おとうさんと結婚しない可能性もあったの」。若き日のささやかな記憶を「人生の重大な岐路」のように語る母の話を聞いて「そんなの岐路でもなんでもない」と心の中で思いながら、泰春は幼いころ自分がしたある選択と結びつけている。長い間、忘れていたその選択があった先にいまの自分はいて、おそらくこれからも支えられていくのだろう。

「こともなし」と「いつかの一歩」は男女が対のようになっている。恋人にふられてやけになり、別の夫と結婚した「こともなし」の聡子《さとこ》は「もしこの人と結婚していなかったら」と思い、「いつかの一歩」の徹平は、久しぶりに会った年上の恋人と「もし結婚していたらうまくいったのではないか」と虫の良いことを考えている。

もし、〇〇していたら。もし、〇〇しなかったら。そんな風に考えてみたことが一度もないという人はいないだろう。

人生は無数の選択から成り立っている。生きるか死ぬか、みたいな大げさなことでなくても、信号が点滅する横断歩道を急いで渡るか見送るか、街角で配られるティッシュを受け取るかどうかといったささいなことでもその都度、決断を迫られる。そうと気づかぬうちに私たちは岐路に立たされ、何かを選びとり、そうした積み重ねで人ひとりの人生は出来上がっていく。

「こともなし」の聡子は、幸せそうに家庭を営む自分の姿を毎日、ブログにつづる(そうありたい自分の姿だけ選んで載せるブログも「もうひとつの人生」のバリエーションのひとつだ)。自分がブログを読ませたいのは、自分をふった恋人でも恋人が好きになった相手でもなく、『もし』で別れた、選ばなかった私自身だ」と聡子は気づく。今、手にしているこの時間の流れだけが、自分の人生なのだ。

そして表題作の「平凡」である。パート勤めの紀美子《きみこ》が住む地方都市を、人気料理研究家になった同級生の春花《はるか》が訪ねてくる。紀美子にとっては「モノクロだった世界に急に色がついたように感じられる」ほどの大事件である。

春花がこの街を訪問したのは紀美子に会うためではなく別の理由があった。春花と紀美子の間には、互いに「もうひとつの人生」を考えてもおかしくはないいきさつがある。

著名人となった春花だが、自分を選ばなかった交際相手にかけた「呪《のろ》い」、「不幸になれ」と願ったその不幸の程度を聞かれて答えたのが「平凡」、「ど平凡」という言葉だ。

もしかしたらそれは、かつての紀美子に向けられた言葉だったのかもしれない。人生に無限の可能性を見ているとき、「平凡」は確かに呪いの言葉だったろう。けれどもある程度、年を重ねてみればその言葉は祈りや祝福に似ていると気づく。これといったドラマチックなことが起こらなくても、当たり前に毎日を送れることがいかに幸せか知った後では。

最後の「どこかべつのところで」で、いなくなった飼い猫を探す庭子は、猫を見かけたという依田《よだ》愛《あい》という女性と知り合う。自分の一瞬の不注意を悔やむ庭子は、依田の話を聞き、彼女の「もし〇〇しなかったら」が、とてつもなく重い意味を持つことを知る。

「〇〇しなかった」もうひとりの自分が「どこかべつのところで」生きている。そう思うことで依田は生きており、同じ思いをした庭子は深いところで理解するのである。

短篇集が面白いと思うのは、ひとつ前の「平凡」で描かれたものが、「どこかべつのところで」にも反響することである。何かを選びとることから、選び取れなかった自分を引き受けるまで徐々に、テーマは深く重く響く。普通の人のひそやかな声に耳を澄ませ、「もうひとつの人生」をさまざまに変奏させていく短篇集は、いまこの瞬間を生きていることのかけがえのなさを何よりも感じさせる。

（令和元年六月、文芸ジャーナリスト）

この作品は平成二十六年五月新潮社より刊行された。

角田光代著

よなかの散歩

役に立つ話はないです。だって役に立つことなんて何の役にも立たないもの。共感保証付、小説家カクタさんの生活味わいエッセイ！

角田光代著

今日も ごちそうさまでした

苦手だった野菜が、きのこが、青魚が……こんなに美味しい！ 読むほどに、次のごはんが待ち遠しくなる絶品食べものエッセイ。

角田光代著

まひるの散歩

つくって、食べて、考える。『よなかの散歩』に続き、小説家カクタさんがごはんがめぐる毎日のうれしさ綴る食の味わいエッセイ。

柚木麻子著

本屋さんのダイアナ

私の名は、大穴《ダイアナ》。最悪な名前も金髪もはしばみ色の瞳も大嫌いだった。あの子に出会うまでは。最強のガール・ミーツ・ガール小説！

柚木麻子著

BUTTER

男の金と命を次々に狙い、逮捕された梶井真奈子。週刊誌記者の里佳は面会の度、彼女の言動に翻弄される。各紙絶賛の社会派長編！

瀬尾まいこ著

あと少し、もう少し

頼りない顧問のもと、寄せ集めのメンバーがぶつかり合いながら挑む中学最後の駅伝大会。襷が繋いだ想いに、感涙必至の傑作青春小説。

江國香織著
銅版画 山本容子

雪だるまの雪子ちゃん

ある豪雪の日、雪子ちゃんは地上に舞い降りたのでした。野生の雪だるまは好奇心旺盛。「とけちゃう前に」大冒険。カラー銅版画収録。

江國香織著

犬とハモニカ

川端康成文学賞受賞

恋をしても結婚しても、わたしたちは、孤独だ。川端賞受賞の表題作を始め、あたたかい淋しさに十全に満たされる、六つの旅路。

江國香織著

ちょうちんそで

雛子は「架空の妹」と生きる。隣人も息子も「現実の妹」も、遠ざけて——。それぞれの謎が播かれ、織り成される、記憶と愛の物語。

唯川恵著

100万回の言い訳

恋愛すると結婚したくなり、結婚すると恋愛したくなる——。離れて、恋をして、再び問う夫婦の意味。愛に悩むあなたのための小説。

小川洋子
河合隼雄著

生きるとは、自分の物語をつくること

『博士の愛した数式』の主人公たちのように、臨床心理学者と作家に「魂のルート」が開かれた。奇跡のように実現した、最後の対話。

小川洋子著

いつも彼らはどこかに

競走馬に帯同する馬、そっと撫でられるブロンズ製の犬。動物も人も、自分の役割を生きている。「彼ら」の温もりが包む8つの物語。

青山七恵著
かけら
川端康成文学賞受賞

さくらんぼ狩りツアーに、しぶしぶ父と二人で参加した桐子。普段は口数が少ない父の、意外な顔を目にするが――。珠玉の短編集。

村山由佳著
ワンダフル・ワールド

アロマオイル、香水、プールやペットの匂い――もどかしいほど強く、記憶と体の熱を呼び覚ますあの香り。大人のための恋愛短編集。

朝吹真理子著
きことわ
芥川賞受賞

貴子《きこ》と永遠子《とわこ》。ふたりの少女は、25年の時を経て再会する――。やわらかな文章で紡がれる、曖昧で、しかし強かな世界のかたち。

朝吹真理子著
流跡
ドゥマゴ文学賞受賞

「よからぬもの」を運ぶ舟頭。水たまりに煙突を視る会社員。船に遅れる女。流転する言葉をありのままに描く、鮮烈なデビュー作。

彩瀬まる著
あのひとは蜘蛛を潰せない

28歳。恋をし、実家を出た。母の〝正しさ〟からも、離れたい。「かわいそう」を抱えて生きる人々の、狡さも弱さも余さず描く物語。

宮部みゆき著
魔術はささやく
日本推理サスペンス大賞受賞

それぞれ無関係に見えた三つの死。さらに魔の手は四人めに伸びていた。しかし知らず知らず事件の真相に迫っていく少年がいた。

住野よる著　か「」く「」し「」ご「」と「

5人の男女、それぞれの秘密。知っているようで知らない、お互いの想い。『君の膵臓をたべたい』著者が贈る共感必至の青春群像劇。

住野よる著　この気持ちもいつか忘れる

毎日が退屈だ。そんな俺の前に、謎の少女チカが現れる。彼女は何者だ？　ひりつく思いと切なさに胸を締め付けられる傑作恋愛長編。

磯﨑憲一郎著　終の住処　芥川賞受賞

二十代の長く続いた恋愛に敗れたあとで付き合いはじめ、三十を過ぎて結婚した男女。小説の無限の可能性に挑む現代文学の頂点。

一木けい著　1ミリの後悔もない、はずがない　R-18文学賞読者賞受賞

誰にも言えない絶望を生きられたのは、桐原との日々があったから——。忘れられない恋が閃光のように突き抜ける、究極の恋愛小説。

小山田浩子著　穴　芥川賞受賞

奇妙な黒い獣を追い、私は穴に落ちた。仕事を辞め、夫の実家の隣に移り住んだ私の日常を夢幻へと誘う、奇想と魅惑にあふれる物語。

小山田浩子著　工場　新潮新人賞・織田作之助賞受賞

その工場はどこまでも広く、仕事の意味も敷地に潜む獣の事も、誰も知らない……。夢想のような現実を生きる労働者の奇妙な日常。

宮本輝著
錦繍
愛し合いながらも離婚した二人が、紅葉に染まる蔵王で十年を隔て再会した——。往復書簡が過去を埋め織りなす愛のタピストリー。

佐々木譲著
ベルリン飛行指令
開戦前夜の一九四〇年、三国同盟を楯に取り、新戦闘機の機体移送を求めるドイツ。厳重な包囲網の下、飛べ、零戦。ベルリンを目指せ！

佐々木譲著
エトロフ発緊急電
日米開戦前夜、日本海軍機動部隊が集結し、激烈な諜報戦を展開していた択捉島に潜入したスパイ、ケニー・サイトウが見たものは。

重松清著
たんぽぽ団地のひみつ
祖父の住む団地を訪ねた六年生の杏奈は、時空を超えた冒険に巻き込まれる。幸せすぎる結末が待つ家族と友情のミラクルストーリー。

重松清著
せんせい。
大人になったからこそわかる、あのとき先生が教えてくれたこと——。時を経て心を通わせる教師と教え子の、ほろ苦い六つの物語。

重松清著
ビタミンF
直木賞受賞
もう一度、がんばってみるか——。人生の〝中途半端〟な時期に差し掛かった人たちへ贈るエール。心に効くビタミンです。

平《へい》凡《ぼん》

新潮文庫　か－38－14

令和元年八月一日発行
令和七年四月二十日三刷

著者　角《かく》田《た》光《みつ》代《よ》

発行者　佐藤隆信

発行所　株式会社 新潮社
郵便番号　一六二—八七一一
東京都新宿区矢来町七一
電話　編集部(〇三)三二六六—五四四〇
　　　読者係(〇三)三二六六—五一一一
https://www.shinchosha.co.jp

価格はカバーに表示してあります。

乱丁・落丁本は、ご面倒ですが小社読者係宛ご送付ください。送料小社負担にてお取替えいたします。

印刷・大日本印刷株式会社　製本・加藤製本株式会社

ISBN978-4-10-105834-4　C0193